밥만 먹고 레벨업

WISHBOOKS GAME FANTASY STORY

박민규 게임 판타지 장편소설

7

박민규 게임 판타지 장편소설

초판 1쇄 찍은 날 | 2020년 4월 17일
초판 1쇄 펴낸 날 | 2020년 4월 24일

지은이 | 박민규
펴낸이 | 권태완 우천제

기획 | 위시북스
편집책임 | 한준만
편집 | 위시북스

펴낸곳 | ㈜케이더블유북스
등록번호 | 제25100-2015-43호
등록일자 | 2015. 5. 4
KFN | 제2-26호

주소 | 서울시 구로구 디지털로31길 38-9, 401호
전화 | 070-8892-7937 팩스 | 02-866-4627
E-mail | fantasy@kwbooks.co.kr

ⓒ박민규, 2019

ISBN 979-11-293-5038-1 04810
        979-11-293-4001-6(set)

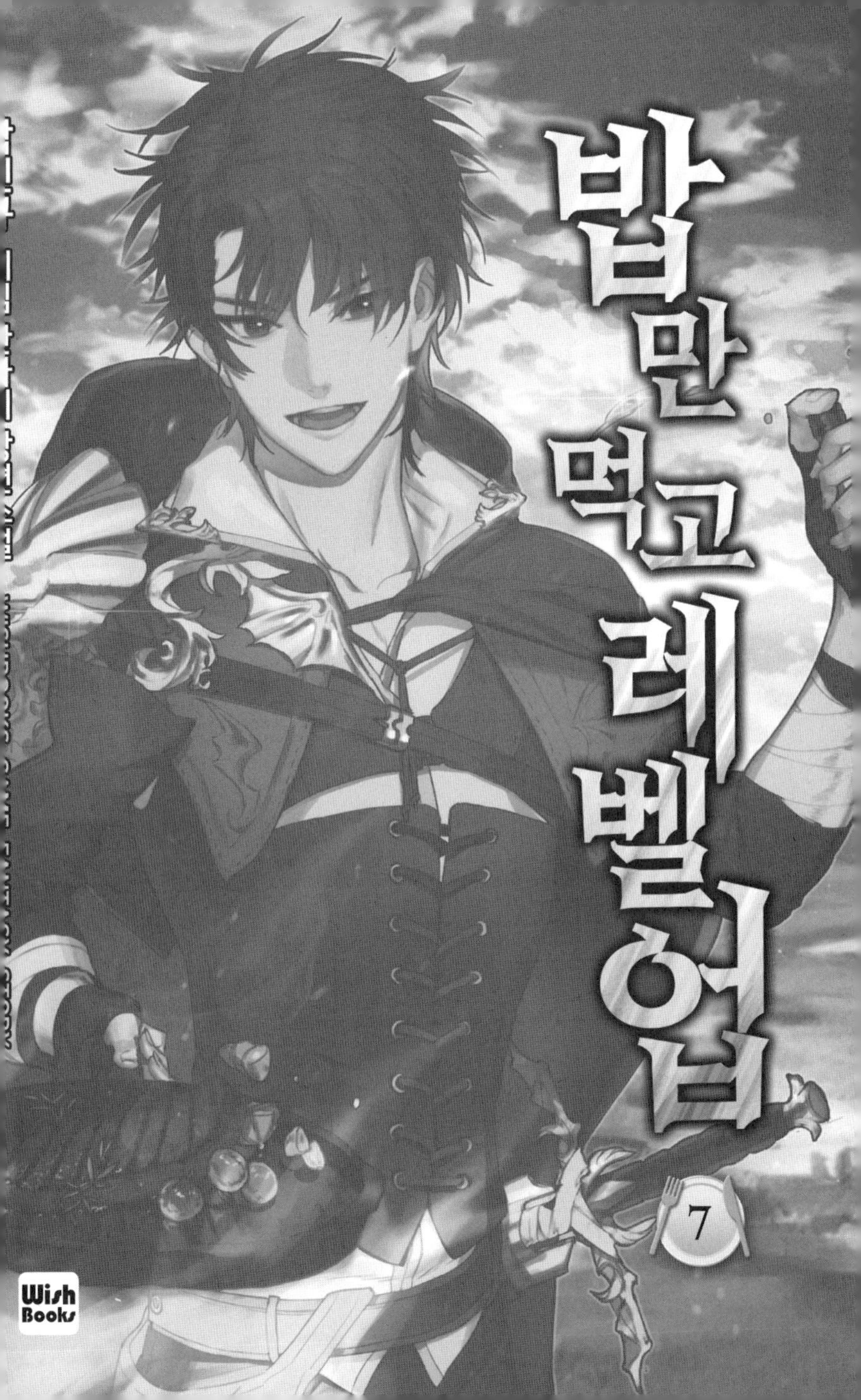
밥만 먹고 레벨업
7
Wish Books

CONTENTS

1장
콩이의 변신은 무죄

발렌으로부터 보상을 받은 민혁은 로그아웃했다가 4시간 뒤에 접속했다. 게임 속에선 반나절 이상이 훌쩍 지난 시간이 었다.

그리고 때마침 혜민아빠에게 귓속말이 왔다.

[혜민아빠: 민혁 님, 완성했습니다.]

발렌은 정말로 2배 가격에 전부 매입해 줬다.

그중 전설 아티팩트의 값어치는 엄청난 수준이었다. 자그마치 400플래티넘! 한데, 여기에서 2배이니 총 800플래티넘을 받을 수 있었던 것이다.

본래 판매하려던 것 중 상당수가 콩이에게 들어갔음에도,

그 외의 다른 것들을 판매한 값을 다 합쳤을 때 민혁의 손에 들어온 것은 약 2,321플래티넘이었다.

그리고 발렌은 민혁에게 보물 창고를 1회 이용할 기회를 줬고, 눈치 빠른 그는 안에서 부츠 하나를 얻어 왔다. 바로 에픽 템이었다.

(요리사의 민첩한 부츠)

등급: 에픽

제한: 손재주 500, 요리 스킬 달인 이상

내구도: 10,000/10,000

방어력: 415

특수 능력:

- 공격 속도+13%

- 요리 속도+20%

- 버프량+20%

- 현재 만드는 요리보다 맛이 3% 더 좋아집니다.

설명: 요리사의 민첩해지는 신발이다. 착용 즉시 편안함을 느낄 수 있으며 돈 주고도 사지 못할 뛰어난 아티팩트이다.

확실히 왕은 왕이었다.

하지만 민혁이 이 부츠를 선택한 이유는 오로지 하나! 순전히 맛이 3% 더 좋아진다는 이유 때문이었다.

민혁은 혜민아빠의 말에 따라 펫 보호소로 걸음을 옮겼다. 그러다 우뚝 멈췄다.

콩이가 서 있었는데, 머리에 양은 냄비를 뒤집어 착용하고 있었고, 왼손에는 냄비 뚜껑을 방패처럼 들고 있었다. 거기에 오른손엔 프라이팬 뒤집개를 들고 있었다.

[콩이가 자신만만해합니다.]

"꿀."

어떠냐는 듯 자신의 배를 내미는 콩이의 모습에 혜민아빠가 어색하게 웃으며 말했다.

"하, 하하하. 자, 잘 어울리네요? 그렇죠?"

"아, 어…… 음……."

민혁은 무슨 말을 해야 할지 몰라 말끝을 흐릴 수밖에 없었다.

민혁이나 혜민아빠와 다르게 혜민이는 활짝 웃었다.

"꺄악~! 아기 똥꾸, 너무 기여우어엉!"

"꾸울!"

[콩이가 더 자신만만해합니다.]

그러면서 혜민이가 가져다준 거울로 자신을 보며 감탄하는 콩이.

"그, 그래도 콩이가 원했던 것들이 딱딱 나왔네요."

"근데 콩이는 아티팩트 두 개만 착용 가능한데, 저 냄비 뚜껑은……?"

"아, 저건 제한 때문에 효과를 아직 못 발휘합니다. 대신에, 제가 특수한 효과를 넣어서 착용만 가능하게 해놓은 겁니다. 아티팩트의 제한이 풀렸다는 건 나중에도 몇 개가 더 가능할 수도 있다는 이야기니까요."

민혁은 고개를 끄덕였다.

그리고 이어 혜민아빠는 판도라의 투구 또한 건네줬다.

판도라의 투구는 은은하게 빛나고 있던 빛이 사라져 다소 투박하게 생긴 투구가 되었다. 하지만 그전에 썼던 뿔 투구인 아우스의 투구와는 확연히 다른 모양새였다.

"콩이 아티팩트랑 확인해 보시죠."

"넵."

(헤파스의 칼날의 뒤집개)

등급: 에픽

제한: 콩이 귀속 아티팩트

내구도: 3,000/3,000

공격력: 316

특수 능력:

• 힘+25%

- 주인 힘 버프+4%
- 스킬 칼날의 뒤집개

설명: 헤파스가 만든 칼날의 뒤집개. 일반 뒤집개와 달리, 칼날의 뒤집개에 당하면 칼에 베이는 것처럼 베이게 된다.

(칼날의 뒤집개)

아티팩트 스킬

레벨: 없음

소요 마력: 300 / 쿨타임: 1시간

효과:

- 30초 동안 민첩 2배 상승
- 30초 동안 절삭력 1.3배 상승

민혁은 곧바로 머리에 쓰고 있는 양은 냄비도 확인해 봤다.

(헤파스의 양은 냄비)

등급: 에픽

제한: 콩이 귀속 아티팩트

내구도: 4,000/4,000

방어력: 270

특수 능력:

- 힘+5%

- 주인 방어력+10%
- 스킬 패럴라이즈

설명: 헤파스의 후예가 만든 양은 냄비. 머리에 쓰다가 배고플 때, 잘 씻은 뒤 라면을 끓여 먹으면 맛있을 것이다.

(패럴라이즈)

아티팩트 스킬

레벨: 없음

소요 마력: 없음 / 쿨타임: 없음

효과:

- 5~9% 확률로 펫이 공격을 막아내거나 허용할 시에 상대방의 온몸이 2초 동안 마비된다.

(헤파스의 냄비 뚜껑)

등급: 에픽

제한: 추가 장비 슬롯, 콩이 귀속 아티팩트

내구도: 3,000/3,000

방어력: 316

특수 능력:

- 힘+4%
- 주인 방어력+3%
- 스킬 절대 방어

(절대 방어)

아티팩트 스킬

레벨: 없음

소요 마력: 500 / 쿨타임: 24시간

효과:

•2초 동안 주인과 콩이가 절대 방어 상태가 되며, 이때엔 어떠한 공격도 허용되지 않습니다.

(판도라의 투구)

등급: 전설

제한: 지능 200, 지력 200, 신성력 400

내구도: 10,000/10,000

방어력: 741

특수 능력:

• 신성력×2

•모든 스킬 쿨타임 20% 감소

•스킬 사용 시 모든 MP 사용량 20% 감소

•스킬 신을 향한 찬양

•스킬 착용 아티팩트 모양 변화

설명: 쥬이스가 과거 사용했던 투구로써 엄청난 신성력을 품고 있는 투구이다. 투구에는 갖가지 무궁무진한 힘이 숨겨져 있다.

(아티팩트 모양 변화)

아티팩트 스킬

레벨: 없음

소요 마력: 500 / 쿨타임: 없음

효과:

• 착용한 아티팩트 중 지정한 것을 자신이 원하는 아티팩트 모양으로 변화시킬 수 있다. 하지만 이는 잠시 숨기는 것뿐이기 때문에 본인이 아티팩트에 손을 댈 시 본래 모양으로 돌아온다.

'오?'

민혁은 아티팩트 모양 변화에 가장 감탄했다. 그러고는 등 뒤에 걸려 있는 프라이팬을 봤다.

'프라이팬 살인마가 뭐야, 프라이팬 살인마가!'

자신은 유명세를 원치 않는다. 그런데 사람들은 근래 계속 자신을 언급하고 있었다.

'아티팩트 모양 변화.'

[헤파스의 전설의 프라이팬의 모양을 변화시킬 수 있습니다.]
[레이피어, 롱소드, 대검, 이도류…….]

민혁은 레이피어를 선택했다. 그러자 그의 등 뒤에 걸려 있던 헤파스의 프라이팬이 레이피어 모양으로 변화되었다. 그러다 슬쩍 민혁이 손을 가져다 대자 다시 프라이팬의 모양으로 변화했다.

"방어구 같은 경우는 적이 타격할 시 모양 변화가 풀리게 되죠."

혜민아빠는 민혁이 모양 변화를 사용하고 있음을 눈치채고 말했다.

민혁은 다시 프라이팬을 레이피어 모양으로 변화시켰다. 그리고 불멸의 갑옷과 같은 것들은 초보자들이 입을 법한 누더기 같은 레더 아머로 변화시켰다.

확실히 헤파스인 혜민아빠는 그 값어치를 하는 사람이었다.

그리고 콩이의 아티팩트. 우스꽝스러운 모습들과는 다르게, 아티팩트들은 당장 유저들이 보아도 침을 뚝뚝 흘릴 만큼 좋아 보였다.

그중에서 가장 좋은 이유는, 콩이가 만족한다는 것이다.

아무리 이상해도 어떠한가? 콩이가 만족하면 된 것 아니겠는가?

"잘 쓰도록 하겠습니다. 콩이, 인사!"

"꾸울!"

콩이가 90도로 고개를 숙여 인사했다.

작은 미소를 지으며 바라보던 헤파스가 웃었다.

"참, 영토나 작위는 언제 받는대요?"

"방금 물어보고 왔는데, 1주일 뒤에 길드원 다 모이면 하사한다더라고요."

"아하."

보통 작위나, 영토 하사는 모든 길드원이 모여 있을 때 하는 편이다.

현재 레전드 길드원들은 대부분이 새로운 북부 대륙의 개척에 열을 내고 있었는데, 민혁 덕분에 쥬이스 신이 내린 버프 효과를 받았기에 더욱더 박차를 가하는 중이었다.

"어디 가시려는 건가요?"

헤파스는 척 보기에도 민혁이 무언가 준비했음을 알 수 있었다.

"네, 바다로요."

지니와 칸, 로크는 다섯 번의 타임 어택 던전 공략을 끝내고 발키리 왕국 수도로 돌아왔다.

그리고 그곳에서 만난 혜민아빠에게 민혁이 바다로 갔다는 걸 알 수 있었다.

"시간이 얼마 없는데……."

"귓속말할까?"

타임 어택 던전을 공략하기 위해 민혁의 도움이 절실하다.

하지만 민혁은 이미 바다로 떠났다.

"일주일 안에는 온다는데요?"

"아, 그래요?"

"네, 그때 작위랑 영토 하사받는다고 전 길드원 다 모여야 한다고 하더라고요."

"아……."

지니는 고개를 끄덕였다.

일주일이면 아슬아슬하게 타임 어택 던전이 끝나는 당일이다.

'하지만 그렇다고 민혁이가 바다에 갔는데, 돌아오라고 할 수도 없지.'

지니는 최대한 민혁의 편의를 봐주고 싶었다.

"어쩔 수 없네."

지니가 쓰게 웃었다. 타임 어택의 순위권을 차지하겠다는 야심은 다음으로 미뤄야 할 것 같았다.

로크와 칸도 그 뜻을 알았다.

"맞다. 명성 확인해 봐야 하는 거 아니야?"

"그렇지, 참."

지니가 고개를 끄덕였다.

발렌 왕이 하사하는 작위는 그에 따른 명성이 받쳐줘야 작위를 받고 영토를 받을 수 있다. 그리고 왕국마다 작위에 따른 필요 명성 수치가 다르다.

그들은 기사 페를과 만나 이야기를 나눌 수 있었다.

"오, 발렌 전하께서 자작의 작위를 주신다고요?"

"예. 발렌 전하께서 그리 말씀하셨습니다."

사실 끽해야 남작, 더 최하위면 준남작이라고 여겼다. 왜냐하면, 이곳은 새로 개척된 북부 대륙이기 때문이다.

아무리 이 발키리 왕국 내에서 레전드 길드의 이름이 널리 알려졌어도 꺼려하는 이들이 있다. 그런 그들을 자작까지로 받아들이긴 힘들다는 거다. 한데, 발렌 왕은 그들에 대한 고마움이 극에 달한 듯했다.

"빨리 확인해 보자."

유저들이 귀족 작위에 따른 명성을 확인하는 간단한 방법이 존재한다. 바로 도시에 위치한 '메인 게시판'에 가면 된다.

이 메인 게시판은 해당 도시의 특산물, NPC, 오픈 퀘스트 등을 안내하는 역할을 한다.

지니는 설레는 마음으로 메인 게시판을 확인했다가 눈을 크게 떴다.

"……그, 그러면 그렇지."

그녀가 입술을 깨물었다.

칸과 로크도 눈살을 찌푸렸다.

"왜?"

그리고 그 둘도 명성 수치를 확인해 보곤 '헉!' 하는 표정이 되었다.

"미친 자작이 되려면 명성 800이 있어야 한다고……?"

"헐……!"

그들의 눈살이 찌푸려졌다.

현재 지니의 명성이 500을 조금 넘는 수준이건만!

"북부 대륙이니까. 이곳에서 작위, 영토를 가지기 위해선 그 만큼을 충족시키란 거겠지."

"우리 길드원 중에 저 정도 명성 가진 사람 있나?"

"지니가 없으면 사실상 없는 거지."

길드에서 지니가 가장 명성이 높은 편이었기에 칸과 로크가 대화했다.

그때 이야기를 듣던 지니가 고개를 저으며 말했다.

"있어. 나보다 조금, 아니, 많이 명성 높은 사람."

용왕의 바다. 그곳에 오늘도 배를 띄우기 위해 그물과 낚싯 대를 싣는 노인이 있었다.

"여어, 밴 어르신! 오늘도 바다로 나가는 겁니까?"

"물론일세, 내 오늘은 기필코 그 녀석을 잡아 오고 말겠네!"

노인, 밴은 이를 드러내 웃어 보였다.

그는 흔히 말하는 낚시꾼이었다. 하지만 몇 년 동안 단 한 마리의 물고기를 잡지 못해 고군분투 중이었다.

그것은 바로 '황금 연어'.

황금 연어는 용왕의 바다에서 아주아주 희귀하게 나타나는 녀석이다.

밴은 그 녀석을 잡은 후에 낚시를 그만둘 예정으로 정말 오랜 시간 동안 황금 연어만을 쫓고 있었다.

황금 연어는 낚시꾼들에겐 정말 꿈만 같은 전설 속의 사냥감이었고 그에겐 꼭 잡아야 할 사냥감이었다.

왜냐하면 아들을 죽인 장본인을 불러낼 수 있는 미끼였기 때문이다.

그렇게 배를 띄우려던 때였다.

"안녕하세요!"

한 청년이 인사했다. 그 청년의 등 뒤로는 낚싯대가 매어져 있었다.

그리고 그 청년은 배가 고픈 것인지 버터에 구운 옥수수를 맛있게 먹고 있었다.

"호오, 이방인인가?"

이방인!

용왕의 바다 또한 신의 축복에 의해 생각보다 평화로웠다. 그리고 요즘 발키리 왕국에 많은 이방인들이 들어오기 시작했다.

"네에, 바다에는 왜 나가시는 건가요?"

그 물음에 밴이 말했다.

"이쪽에서 잡히는 녀석들은 너무 시시하고 재미없는 놈들투성이거든, 바다로 나가야지만 진짜 알짜배기들을 잡을 수가 있지!"

"오오!! 알짜배기? 어떤 것들이 있는데요?"

"빛바랜 광어나 우럭, 다이아몬드 꽁치 등 여기에선 잡을 수 없는 놈들투성이라네."

"우와……!"

청년은 정말이지 믿기지 않는 이야기를 들었다는 듯이 눈이 커다래졌다. 그러고는 설렘 가득한 표정으로 조심스레 물었다.

"혹시 저도 함께 가도 되나요?"

"음…… 자네도?"

밴은 그를 위아래로 살펴봤다. 등 뒤에는 검은색 레이피어를 차고 투구를 쓰고 있었지만, 행색이 초라하기 그지없다.

아차 한 청년이 서둘러 투구를 벗어서 얼굴을 보였다. 상당한 미남이었다.

"헤헤, 저도 같이 가고 싶어요!"

그리고 예의를 보이기 위해 투구를 벗은 청년!

"자네, 혹시 직업은 뭔가?"

"요리사입니다. 참, 그럼 제가 가면서 잡은 것들로 맛있는 요리를 해드릴게요!"

"오, 요리사라."

밴은 턱을 쓸었다.

가는 길에 몇 마리의 물고기가 잡힐 것이다. 그것들을 다소 맛있게 먹고 갈 수 있겠구나!

"타시게!"

"감사합니다!"

청년이 배에 올랐다.

그리고 배가 출발을 시작했다.

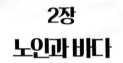

2장
노인과 바다

이민화의 눈은 사시나무처럼 바들바들 떨리고 있었다.

"티, 팀장님!"

그 어떤 때보다도 다급한 목소리에 박 팀장이 서둘러 걸음을 옮겼다.

"왜 그래?"

박 팀장이 그녀에게 다가가며 모니터를 보다가 눈살을 찌푸렸다.

"밴? 지금 밴과 함께 가고 있는 건가?"

이민화도, 박 팀장도 놀라는 이유는 바로 민혁이 배를 얻어 타고 가는 배의 주인 때문이었다.

"왜 하필 배를 얻어 타도 극강팔인의 배를 얻어 탄 거야?"

"정확하게 말하면 과거의 극강팔인이죠."

"그렇지."

박 팀장이 고개를 끄덕였다.

지금 민혁과 함께 배를 타고 있는 밴은 새로 오픈한 북부 대륙에서의 값진 NPC 중 한 명이었다.

밴은 아들이 죽은 후 꽤 오랫동안 자취를 감췄다. 그에 자연스레 사람들에게서 잊혀져 갔고, 극강팔인의 자리를 다른 이가 채웠다.

그는 본래 루마드의 자리에 있던 여덟 번째 극강팔인이었다. 현재는 극강팔인이 아니었기에 그를 마주했음에도 민혁에게 어떠한 알림도 들리지 않은 것. 즉, 그는 정체를 숨긴 NPC와 같다.

"귀신창 밴이라……."

박 팀장이 중얼거렸다. 그것이 그가 가진 코드 네임이었다.

그러던 중, 이민화가 중얼거렸다.

"귀신창 밴이 원수를 갚으려는 몬스터가 전설 몬스터죠?"

박 팀장이 고개를 끄덕였다.

국내에선 아직 전설 몬스터 레이드를 한 적이 없다.

그나마 북부 대륙에 꽤 많은 숫자의 에픽 몬스터가 풀렸기 때문에 근래 에픽 몬스터 사냥의 빈도는 높아지고 있었으나, 아직 국내에서 전설 몬스터 레이드는 한 적이 없었다.

물론 북부 대륙에는 전설 몬스터 몇이 존재한다. 그리고 그 존재를 사냥하면…….

"민혁 유저가 아주아주 좋아하는 게 나오지 않나요?"

밴은 푸르른 바다를 보며 작은 미소를 지었다.

'아들아, 이 안은 춥지 않으냐?'

귀신창이라 불리는 그가 한낱 낚시꾼이 된 이유. 황금 연어를 잡을 수 있는 낚시꾼이 북부 대륙에 없었기 때문이다.

발키리 왕국에서도 가장 실력 있는 낚시꾼이 바로 상급 낚시꾼이었다. 하지만 상급 낚시꾼으로 황금 연어를 잡기에는 역부족이었다.

그래서 밴은 낚시를 시작했다. 수년 동안, 하루도 쉬지 않고, 계속 배를 띄웠다.

아들을 죽인 그놈은 동굴 안에 숨어 있다. 심지어 그 동굴은……

'이방인들만 들어갈 수가 있지.'

그 때문에 황금 연어를 구하는 거다. 황금 연어를 미끼로 놈이 나오게 유도하려는 셈.

이방인이란 생각에 그의 고개가 돌아갔다. 그곳에는 자신을 요리사라 소개한 청년이 있었다.

민혁이 낚싯대를 꺼냈다. 그리고 미끼를 힘껏 내던지고는 주문을 외웠다.

"비나이다, 비나이다. 용왕님, 제게 광어와 우럭을 내려주
소서!"

그의 말에 밴은 허허하고 웃었다.

"이 친구야, 낚시란 그리 쉬운 게 아닐세, 또 용왕님께 빈다
고 하여 낚을 수 있겠는가? 낚시란 기다림의 연속이야, 기다리
고, 기다리고, 또 기다려야 한다네."

아테네의 낚시는 어렵고 그로 인해 실력 있는 낚시꾼은 찾
아보기 힘들다.

하지만 수년 동안 밥 먹고 낚시만 한 밴! 그는 귀신창이라
불리기도 했지만, 이제는 달인급 낚시꾼에 오르기도 했다.

한데, 그 순간.

"물었다!"

"……얼레?"

밴이 고개를 갸웃했다.

'우, 운이 좋은 친구군!'

자신도 처음 이 바다에서 배를 띄워 낚시를 할 때 24시간
동안 한 마리를 잡을까 말까였다. 한데, 던지자마자 미끼를
물다니?

그 순간, 사내가 또다시 미끼를 끼운 후에 던졌다.

그러자 5초 만에…….

"또 낚았다!"

파다다다닥!

민혁이 낚싯대를 힘차게 들어 올리자 그 끝에 물고기가 대롱대롱 매달려 있었다.

"커헉?"

그러다 밴은 아차 했다.

'서, 설마…… 기도 때문에?'

그 또한 미끼를 힘껏 던졌다. 그다음 그 앞에 앉아 양손을 마주 잡고 중얼거렸다.

"비나이다, 비나이다 용왕님, 황금 연어가 잡히게 해주소서!"

민혁은 바다를 보고 낚싯대를 드는 순간, 볼 수 있었다. 바로 붉게 표시된 지점이었다.

'역시 손재주 스텟!'

손재주 스텟에 따른 특혜로 어디에 던져야 물고기가 잡히는 것인지 보이는 것이다.

붉게 표시된 원도 무척이나 좁은 원과 커다란 원으로 나뉘었다.

민혁은 커다란 원으로 미끼를 힘껏 던졌다. 그 순간, 곧바로 물고기가 물었다.

[미끼를 꽤 좋은 지점에 던졌습니다.]

[우럭을 획득합니다.]

[손재주 1을 획득합니다.]

파다다다닥!

"물었다!"

싱싱한 우럭! 파닥거리는 녀석!

그러다 민혁은 아차 했다.

'응? 설마 저 붉은 표시가……?'

큰 원은 아주 작은 원보다 훨씬 더 숫자가 많았다. 큰 원이 서른 개라면 작은 원은 한 개 정도.

민혁은 시험 삼아 큰 원에 힘껏 낚싯대를 던졌다. 그리고 몇 초 지나지 않아.

[미끼를 꽤 좋은 지점에 던졌습니다.]

[광어를 획득합니다.]

"캬!"

파닥거리는 광어가 낚였다.

민혁은 계속해서 큰 원에 던져봤다. 그때마다 물고기들이 낚여 올라왔다.

그러던 중, 그는 고개를 돌렸다.

"응?"

"비나이다, 비나이다 용왕님, 황금 연어가 잡히게 해주소서!"

"……."

자신을 밴이라고 소개한 노인이 기도를 올리고 있었다.

아까 전 민혁이 했던 기도는 사실 재미 삼아서였다. 진짜 용왕님 덕분에 물고기가 더 잡힐 리가 없지 않은가? 하지만 밴에겐 진심이 엿보였다.

이어.

"용왕이시여어어어어!"

밴은 소리까지 지르며 하늘에 양팔까지 뻗었다. 마치 광신도 같은 모습이었다.

'어르신분들은 미신을 너무 믿으신다니까?'

그 순간, 밴이 눈을 크게 떴다. 낚싯줄이 팽팽하게 당겨지고 있었다. 미끼를 문 것이다!

그가 놀란 표정으로 민혁을 돌아봤다.

"오오오……! 자네가 한 것처럼 기도하니 효과가 있었어!"

"……?"

민혁은 고개를 갸웃했다.

밴이 힘껏 낚싯대를 들어 올렸다. 그리고 나타난 것은…….

"이런 신발!"

바로 신발이었다.

"사람들이 왜 이 아름다운 바다에 쓰레기를 버리는 것인지 모르겠군!"

화난 듯 보이는 밴.

그 순간 민혁에게도 또다시 물고기가 잡혔다. 민혁이 후다
닥 움직였다.

밴은 심술이 날 것 같았다.

'아니, 저 친구. 알고 보니 실력 있는 낚시꾼이었던 겐가?'

"호우, 월척……! 혁?"

민혁은 깜짝 놀란 듯한 표정이었다. 광어와 우럭을 잡은 것
도 기뻤지만 이번에 잡힌 녀석은!

[미끼를 꽤 좋은 지점에 던졌습니다.]
[꽃게를 획득합니다.]

바로 싱싱해 보이는 꽃게였기 때문이다.

'이곳은 천국이로다……!'

특별한 것이 필요하지 않다. 낚싯대와 미끼만 있다면 뭐든
얻을 수 있다.

"너 참 맛있게 생겼다……."

낚싯대에 대롱대롱 매달린 꽃게를 보며 민혁은 흐뭇하게 웃
었다.

옆에서 밴이 다시 미끼를 던지는 소리가 들렸다.

"자네, 용왕님께 어떻게 기도를 올렸기에 그렇게 잘 잡히
는가?"

"그건 그냥 장난으로 했던 건데요!"

"……."

민혁은 알 수 있었다. 밴이 자신의 기도를 보고 착각했다는 것을.

"자네, 낚시를 시작한 지는 얼마나 되었지?"

"오늘 처음 했습니다."

밴은 말문을 잃었다.

자신은 수년을 했다. 근데 오늘 처음 한 이보다 못하다니?

그리고 그 순간, 민혁이 던진 낚싯대를 물고기가 물었다.

"와아, 월척이야, 월척!"

"……사실 낚는 건 누구든 할 수 있는 일이라네, 하지만 실력 있는 낚시꾼은 특별한 물고기들을 낚는 법."

"호오, 특별한 물고기요? 아까 말씀하셨던 황금 연어 같은 건가요?"

"그러네, 이제 녀석들이 나오는 포인트에 다다랐군."

"오호!"

민혁은 기대했다.

아까 밴이 말했던 특별한 물고기들이 나오는 지점!

그리고 민혁은 볼 수 있었다.

'역시 내 예상이 말했어!'

붉고 좁은 원이 다섯 개 보였다. 아까 전보다 훨씬 더 늘어난 숫자였다.

'이 좁은 원 안에 있는 녀석들이 더 특별한 녀석들임이 분명해!'

민혁은 그렇게 확신했다.

그리고 밴은 그가 자신보다 잘 잡는 것에 자존심이 상해 말했다.

"오늘 운이 좋아 물고기를 잘 낚는 것 같긴 하지만, 특별한 것은 하나도 낚기 힘들 걸세, 내가 낚을 테니 구경이나 하시게. 난 자그마치 5년을 이곳에서 낚시만 했지."

민혁이 다시 미끼를 던졌다. 이번에는 좁은 원 안이었다.

[미끼를 최고로 잘 던졌습니다.]
[환상의 꽃게를 획득합니다.]

언제나처럼 뜨는 최고로! 이는 저 좁은 곳 안에 미끼가 들어가야지만 뜨는 알림이었던 거다.

"아자! 환상의 꽃게!"

밴은 수년간 낚시를 했다. 그리고 환상의 꽃게를 낚는 데에 걸린 시간은 자그마치 3년이었다.

그는 괜스레 코끝이 찡해졌다.

'아니, 나도 잡을 수 있어!'

하지만 오늘따라 물고기가 물지 않는다.

그렇게 1시간, 2시간, 3시간 4시간……

"호우! 월척이다!"

"아싸라비야, 콜롬비아! 어? 콜롬비아 커피 마시고 싶어졌어…… 호우!"

"월척이구나아!"

그는 하나도 낚지를 못했다.

민혁은 밴을 돌아봤다. 그는 아직 단 한 마리도 잡지 못했다.

'5, 5년 동안 낚시를 하셨다면서, 진짜 못하신다……'

뭔가 밴의 등이 슬퍼 보였다.

그러고 보면 밴은 자신에게 공짜로 배를 태워준 좋은 분이다. 심지어 자신에게 특별한 것들이 나오는 장소도 알려주지 않았는가?

"너무 낙심하진 마세요. 자자, 제가 맛있는 거 해드릴게요!"

"흠흠, 맛있는 거라?"

밴이 슬그머니 고개를 돌렸다.

사실 밴은 요리를 정말 최악으로 못했다. 그 때문에 매일 바닷가에서 잡은 것들로 먹은 거라곤 날로 먹는 회뿐이었다.

"네, 어디 보자."

민혁은 그의 불쌍한 낚시 인생(?)에 조금이라도 도움을 주기 위해 레시피 창조 스킬을 사용했다.

곧 레시피가 떠올랐다.

(밴을 위한 꽃게라면 레시피)

필요 재료: 환상의 꽃게, 바라데의 대파, 콩나물, 청양고추, 씬라면

기대 요리 등급: 레어~에픽

기대 효과:

- 밴의 낚시 실력 대폭 상승
- 밴의 창스킬 귀신창+1

'……어?'

민혁은 무언가 이상함을 느꼈다. 그 이상함은 바로 마지막의 기대 효과에 있었다.

'귀신창? 뭐지?'

밴이 귀신창이라는 걸 익히고 있다는 걸까?

민혁은 고개를 갸웃할 수밖에 없었다. 그는 겉모습만 보기에는 평범한 노인이었기 때문이다.

'예전에 창병이셨나 보네.'

하지만 민혁은 곧 대수롭지 않게 생각했다.

하긴, 생각해 보면 자신의 아버지도 나중에 나이가 들면 편안하게 낚시나 하며 살고 싶다고 자주 하셨다. 그처럼 일반 병사로 살던 밴이 낚시꾼이 되었을 수도 있지 않은가?

그러다 의문을 떨친 민혁. 그가 설렘에 벅차올랐다.

'와, 세상에. 꽃게라면이라니.'

지금 그는 어디에 있던가? 바로 푸른 바다가 출렁거리는 배

에 올라 있다.

쏴아아아아아!

파도가 칠 때마다 바다 내음을 품은 바람이 함께 불어온다.

으슬으슬 몸이 떨린다. 단순히 배를 타는 것만으로도 몸은 극도의 피로에 휩싸였고 배고픔은 더욱 커졌다.

이럴 때 꽃게라면이라?

"크!"

생각만 해도 짜릿한 것이었다.

"제가 꽃게라면을 끓여 드리죠!"

"오? 꽃게라면이라."

밴은 입맛을 다셨다.

그 또한 상상만 해도 기분 좋은 듯했다. 심지어 밴이 현재 원하는 요리의 레시피는 많은 걸 필요로 하지 않았다.

환상의 꽃게는 이미 얻었고, 민혁은 씬라면을 사랑하는 한국인이었기에 가지고 있기도 했다.

민혁은 요리를 시작했다.

먼저 꽃게를 손질했다. 그다음 팔팔 끓는 물 위로 분말수프를 넣었다. 분말수프를 먼저 넣은 이유는 꽃게부터 익히기 위함이다.

꽃게가 물속으로 퐁당 들어갔다. 그 상태에서 어느 정도 익어줬을 때, 콩나물을 넣어준 후 라면과 청양고추를 함께 넣는다. 그리고 마지막, 대파를 솔솔 뿌려준다.

꽃게라면은 계란을 넣지 않는 게 묘미이다. 얼큰하고 시원한 맛에 먹기 때문.

딸칵!

꽃게라면 조리가 순식간에 끝이 났다.

민혁이 잠시 닫아뒀던 뚜껑을 열었다.

쏴아아아아아!

수증기가 모락모락 피어오르며 그 안에 본래의 색을 잃고 완전히 붉게 익은 꽃게가 보였다.

꾸울꺽-

뱀의 침 넘어가는 소리였다. 그리고 역시 민혁의 앞으로 똑같은 꽃게라면이 생겨났다.

"오?"

흘끗 본, 뱀.

그리고 민혁은 이어서 그 앞으로 김치를 꺼냈다.

"라면엔 김치죠!"

"크흐! 자네 뭘 아는군!"

뱀이 감탄했다.

민혁은 면을 들어 올렸다.

쏴아아아아-

수증기가 피어오르는 냄비를 들어 그릇에 국물을 따라낸다.

먼저 민혁은 그릇을 통째로 들었다. 그 상태에서 시원한 국물을 먹기 위해 입으로 '후! 후!' 분 다음에 후루루루룹 들이켰다. 꽃게 하나와 청양고추, 콩나물 덕에 국물 맛이 일품이었다. 시원하다. 이 네 글자면 충분히 설명할 수 있는 맛!

"자아, 이제."

민혁은 면발을 들어 올렸다. 그리고.

"후루루루루룹!"

단숨에 먹어치웠다.

"허어, 진짜 맛있다!"

말할 때마다 그의 입에서 뿜어지는 입김.

민혁은 다시 한번 면을 집어 들었다. 이번에는 면에 콩나물이 한가득 딸려 올라왔다.

"후루루루룹!"

단숨에 입안에 집어넣자 아삭아삭한 콩나물이 씹혔다. 그 뒤로 이어지는 쫄깃한 라면 면발의 맛!

면발을 들이켜고 아삭아삭한 김치 하나를 먹었다.

"크!"

민혁이 감탄했다. 그리고 앞을 보자 냄비를 통째로 든 밴이 국물을 들이켜고 있었다.

"커허! 국물 맛이 아주 일품일세! 여기에 그거 있지 않나."

밴이 작은 잔을 들고 자신의 입으로 꺾는 제스처를 취했다.

"캬하~! 소주 한 잔 마셔주면 기가 막히죠. 하지만 이런 위험한 바닷가에선 음주가 좀 그러니 아쉽네요."

그렇게 말하며 이번에 민혁은 꽃게를 집어 들었다. 그는 들어

올린 꽃게를 가위를 이용해 반으로 싹둑 잘라냈다.

"오오, 이 꽉 찬 살 좀 봐요."

"이곳 용왕의 바다의 생명체들은 모두 싱싱하고 알찬 놈들이지."

민혁은 반쪽짜리 꽃게를 집어 들었다. 그리고 새하얀 살이 먹기 좋게 익은 꽃게의 몸통을 그대로 씹었다.

씹는 순간, 하얀 속살이 민혁의 입으로 밀려들어 왔다.

꽃게는 씹으면 고소한 맛이 가득 난다. 또한, 고기와는 다른 씹는 맛이 있었고 그 과정에서 씹히는 꽃게의 껍질도 나쁘지 않았다.

"후루루루루릅!"

민혁은 냄비를 통째로 들고 국물을 들이켰다. 이것은 꽃게 라면이기도 하였지만, 얼큰 시원한 해장 라면이기도 했다.

다 먹고 나자 자신도 모르게 절로 콧물이 흘렀다. 그래서 휴지로 흥 하고 풀어주니 식사가 끝이 났다.

그때 밴에게 알림이 울렸다.

[당신만을 위한 레시피로 만든 요리를 드셨습니다.]

[한 달 동안 당신만을 위한 레시피로 만든 음식을 먹을 수 없습니다.]

[버프 유지 기간 동안 다른 버프를 중복해서 받으실 수 없습니다.]

[꽃게라면]
[10일 동안 낚시 실력이 10%, 귀신창 스킬이 1 상승합니다.]

"……!"

밴은 놀란 눈빛으로 민혁을 보았다.

'이 허름한 차림새의 청년이, 이런 대단한 요리사였을 줄이야……!'

그는 감탄하고 또 감탄했다.

그리고 때마침 민혁도 배를 통통거리며 웃다가 '많은 인간을 배불리 하라'의 만족도를 확인해 보기로 했다.

쥬이스 신을 먹었을 때는 그녀에게서 자그마치 33%가 오르지 않았던가. 그 외의 사람들을 통해 민혁은 이제 거의 만족도를 거의 50%까지 채워냈던 때였다.

그리고 민혁의 고개가 갸웃해졌다.

[만족도 56%]

"……?"

그가 고개를 갸웃하는 이유.

'뭐지?'

랭커인 크로우가 먹었을 때 오른 만족도가 2%, 발렌 왕이 먹었을 때 5%보다 조금 높았고, 쥬이스 신이 먹었을 때 33%가

올랐다. 그런데 지금.

'6%?'

그 의미는 이 앞에 있는 노인 밴이 크로우나 발렌 왕보다 더 영향력 있는 자라는 증거였다.

"패애애애앵!"

그리고 밴은 코를 힘껏 풀었다.

"허허, 이렇게 잘 먹어본 적이 언제인지, 또 자네의 요리가 가진 힘은 아주 대단하구만."

[밴과의 친밀도가 상승합니다.]
[밴과의 친밀도가 상승합니다.]

"그리고 낚시 실력 또한 예사롭지 않고."

밴은 그가 던지는 족족 잡아내는 것을 볼 때 이런 생각을 했다.

'혹시 이자가 황금 연어를 잡을 수 있지 않을까?'

밴은 조금 기대를 하고 자신의 이야기를 시작했다.

"내 자네에게 부탁 한 가지를 하고 싶은 것이 있는데, 내 이야기를 들어줄 수 있겠는가?"

민혁은 퀘스트의 냄새를 맡았다.

'혹시 뭔가 맛있는 게 나올지도 모르지?'

그에 곧 밴이 이야기를 시작했다.

"몇 년 전, 나는 세상 곳곳을 유람하며 살아왔다네, 그리고 그런 나에게는 하나뿐인 아들이 있었지."

그의 말에 민혁은 고개를 끄덕였다.

"아들은 일 년에 끽해야 한 번 만나는 내가 오는 날에 맞춰서 이 바다로 왔다네, 내가 아주아주 좋아하는 음식이 이곳에 있었거든."

밴은 추억을 회상하는 듯한 표정이었다.

"그리고 내 아들은 이곳에서 결국 돌아오지 못했네, 그놈에게 잡아먹히고 말았어."

"그놈이요?"

"그래, 그놈. 아주 무서운 녀석이지, 이 용왕의 바다에서만 단 한 마리 살고 있는 놈일세. 놈은 모든 것을 집어삼키고 지금은 동굴 속으로 들어가 오랫동안 나오질 않고 있지, 놈을 유인할 방법은 녀석이 정말 좋아하는 황금 연어를 이용해서 끌어내는 것뿐일세."

민혁은 고개를 끄덕이며 생각했다.

'황금 연어, 계속 들을 때마다 정말이지 맛있을 것 같은 녀석이란 말이지······.'

절로 군침이 도는 것 같았다. 주홍빛이 감도는 생연어!

"혹시 그 황금 연어를 그 녀석이 먹게 할 건가요?"

"아니지, 그 귀한 녀석은 오로지 그놈을 유인하는 도구로만 쓰일 거야."

민혁은 그에 고개를 끄덕였다.

그리고 밴이 이어서 말했다.

"놈을 유인하는데, 필요한 황금 연어를 가져다줄 수 있겠나?"

[연계 퀘스트: 황금 연어 잡기]

등급: SS

제한: 밴과의 친밀도

보상: ?

실패 시 페널티: 밴과의 친밀도 하락에 의해 그의 배를 탈 수 없음

설명: 밴은 당신에게서 황금 연어를 잡을 수 있을지도 모른다는 가능성을 보았다. 황금 연어를 잡아라!

'……SS?'

민혁은 고개를 갸웃했다.

이는 연계 퀘스트였다. 황금 연어를 잡는 것뿐만이 아니라, 앞으로 더 진행해야 할 게 몇 가지 있다는 것이다.

'도대체 황금 연어 잡기가 얼마나 어렵기에 SS이지? 또 그 과정은?'

받아본 SS급 퀘스트는 쥬이스 신을 만족시킬 전설 요리를 만들어야 했을 때였다. 한데, 그와 맞먹는 퀘스트라니. 심지어 보상 부분이 물음표로 되어 있었다.

보상이 물음표인 경우 둘 중 하나다. 최악이거나 최고이거나.

그리고 이를 하기 전에 확실히 해야 할 것도 있었다.

"물어볼 게 있습니다!"

"묻게나."

"당신은 누구십니까?"

밴은 놀랐다.

자신의 정체를 알아챘다고? 도대체 어떻게?

민혁이 말했다.

"당신의 배에는 작살이 없습니다. 대신에, 저 창이 있죠."

작살이 아닌, 창이 있다.

물론 작살이 없어서 대신 창을 가져왔다고 생각할 수도 있다. 하지만?

"노인 혼자서 오기엔 이 바다는 결코 가벼워 보이는 곳이 아니네요. 또 밴 어르신의 손에 박혀 있는 굳은살은 분명히 창을 숱하게 휘둘러서 박힌 거 아닌가요?"

밴은 의외라고 생각했다.

단순히 실력 있는 요리사인 줄 알았더니 예리하게 앞을 내다보는 능력을 가진 자였다.

밴은 자신의 정체를 설명했다. 그런 설명 없이 부탁하기에도 뭐한 부분이었으니까.

그 설명을 들은 민혁은 다소 놀랐다.

'극강팔인 중 하나였다……'

물론 과거형이었다. 하지만 민혁은 실제로 극강팔인과 싸워 봤고 그 강력한 힘을 실감했다.

사실 자신이 운이 좋았기에 극강팔인을 사냥할 수 있었다는 것을 부정할 수 없었다.

또 다르게는 이렇게 생각할 수도 있다.

'극강팔인이라면…… 물음표의 보상이 최악일 것 같진 않은데.'

물론 민혁은 사실 보상은 크게 관심 없다. 그것보다 황금 연어를 잡는 것에 관심이 있다. 또한, 그 몬스터의 정체도 궁금하다.

그는 수락하기 전 물었다.

"혹시 그 몬스터는 어떤 녀석입니까?"

"조개 골렘일세."

"……?"

민혁은 그 말을 듣고 순간 심장이 쿵 하고 내려앉을 뻔했다.

그의 먹을 것 더듬이가 신호를 보낸다. 정말 맛있는 녀석이 있을 거라고!

"조, 조개 골렘이요?"

"그래, 세상에 모든 조개가 놈의 몸에 붙어 있지."

"호, 혹시 전복도 붙어 있나요?"

"물론일세, 말했지 않나? 모든 조개가 놈의 몸에 붙어 있어, 홍합, 키조개, 가리비, 굴……."

"세, 세상에……."

민혁의 몸이 부들부들 전율했다.

"홍합탕! 굴전! 조개구이의 그 조개들이요?"

"자, 자네 갑자기 눈빛이 변했군……?"

민혁은 전율할 수밖에 없었다.

그는 떠올렸다.

친구들과 함께 차를 타고 바닷가로 향한다. 바닷가 근처에서 사장님들이 '싸게 해줄게!'라는 말에 속아 들어가면 그곳에 펼쳐지는 향연!

뻥뻥 뚫린 판 위로 올라가는 각종 조개. 그리고 시원한 홍합탕.

거기에 필수로 함께 올라가는 것은…….

'콘치즈!'

아담한 소형 불판 위에 옥수수. 그리고 그 위로 뿌려진 치즈. 녹아내린 치즈는 옥수수를 감싸고.

따닥따닥따닥-

조개들이 익을 때마다 '어서 날 먹어줘~ 베이비'라는 듯 입을 벌리지 않던가!

그런 조개들이 있다?

"제, 제가 꼭 아드님의 복수를 하고 말겠습니다."

눈빛이 변한 민혁! 그의 눈은 비장함에 가득 찼다.

그리고 밴은 감격했다.

'세, 세상에……! 처음 보는 날 위해 이렇게 의지를 불태우다니……!'

[밴과의 친밀도가 상승합니다.]

민혁은 정말 비장한 표정이었다.

그러다 이어 밴이 말했다.

"그런데, 문제는 이 넓은 바다에 놈은 딱 한 마리만 존재한다는 게지. 난 이 사실을 용궁에서 내려오는 이야기를 통해 들었지, 숨어 있는 조개 골렘을 끌어내기 위해선 황금 연어가 필요하다고. 아주 오래전부터 내려온 이야기야."

용왕의 바다는 넓고 넓었다. 밴이 황금 연어를 아직 잡지 못한 결정적 이유도 이 넓은 곳에서 놈 한 마리를 찾기 어려웠기 때문이다.

"혹시 황금 연어는 어떤 특별한 힘을 품고 있나요?"

"황금 연어는 먹는 순간, 자신이 원하는 능력을 강화시켜 준다고 알고 있다네."

"호오."

민혁은 눈치챘다.

특별한 포인트였다. 얼마나 올려줄지는 알 수 없지만, 손재주도 신성력도 그 어떤 것도 올릴 수 있는 포인트!

밴이 말했다.

"그리고 난 실제로 놈을 본 적도 있어, 하지만 바로 눈앞에서 놓쳐 버렸지!"

그때를 생각하면 밴은 탄식이 난다는 듯한 표정이었다.

민혁이 그에게 '특별한 힘'을 물은 이유는 간단했다. 그에겐 놈을 더 쉽게 찾을 방법이 있었기 때문.

"놈이 있는 포인트를 바로 찾을 수 있을 것 같아요."

"뭐, 뭐라!"

그 말에 밴의 눈이 크게 떠졌다.

어떻게? 자신도 5년 동안 딱 한 번밖에 보지 못했거늘!

민혁은 '재료추적' 스킬을 사용했다. 그리고 떠오른 홀로그램에서 일식을 선택했다.

[원하는 버프 효과가 있으십니까?]

'내가 원하는 능력을 올려준다.'

[반경 10㎞ 내에서 재료를 탐색하고 있습니다.]

[재료 탐색에 성공합니다.]

[황금 연어는 특별한 포인트를 올려주는 전설의 요리 재료입니다.]

[식신의 요리 스킬 2레벨부터 요리 가능.]

[추천하는 메뉴. 연어회.]

'캬!'

민혁은 감탄할 수밖에 없었다.

그렇다. 연어는 초밥으로 먹어도 맛있지만, 큼직큼직하게 썰어서 먹는 게 최고일 거다.

도톰한 살의 연어를 고추냉이를 푼 간장이나 초장에 찍어 먹거나, 또는 마른김에 싸서 무순과 얇게 썬 양파를 올려 먹어도 맛있다.

심지어 현재 재료추적에 성공했다.

'재료추적 스킬이 10㎞ 내의 범위가 되니 확실히 좋네!'

그리고 민혁의 시야에 똑똑히 보였다. 붉은 표시가.

"이쪽입니다!"

"응?"

밴은 이해할 수 없었다.

"그게 지금 무슨 소리인가?"

"그 녀석이 있는 위치를 제가 알아냈어요! 이쪽으로 가면 됩니다!"

그 말에 밴의 눈이 크게 떠졌다.

사실 의심이 가긴 했다. 하지만 밑져야 본전.

닻을 올렸다.

쏴아아아아아아아!

바람을 타고 배가 빠른 속도로 붉은 표시가 있는 지점을 향해 나아갔다. 그리고 민혁은 붉은 표시가 서서히 가까워지는 걸 느꼈다.

붉은 표시에 아주 가까워졌을 때.

'설마 진짜 이 근방에 황금 연어가 있진 않겠지?'

밴은 생각했다. '설마 정말로 있겠는가?'라고.

그리고 그 순간.

촤아아아아아아아!

황금빛 비늘을 뿜내는 연어 한 마리가 물속에서 뛰어올랐다.

연어의 몸에서 뿜어지는 빛은 아름다움 그 자체였다.

[전설 속의 황금 연어를 찾아내셨습니다.]

[명성 30을 획득합니다.]

"……!"

밴은 믿을 수 없다는 표정으로 민혁을 돌아봤다.

'도, 도대체 어떻게……!'

5년 동안이나 찾지 못했던 황금 연어 아니던가.

풍덩!

곧이어 황금 연어는 다시 물속으로 들어가 버렸다.

밴은 정신을 차렸다. 이럴 틈이 없었다. 그는 서둘러 그물을 던졌다.

수화아아아앗!

커다란 그물이 펼쳐지며 바닷속으로 들어갔다.

"흐읏차아!"

밴이 그물을 끌어당겼으나, 민혁은 고개를 저었다.

그리고 민혁의 예상대로 밴의 그물은 허탕이었다.

'미친……!'

민혁의 눈에는 붉고 둥그런 지점이 똑똑히 보이고 있었다.

그가 놀란 이유는 두 가지다.

첫 번째는 붉은 원이 정말 바늘구멍만큼이나 작아서 저곳에 미끼를 정확히 던진다는 것은 다소 불가능해 보였다는 것.

두 번째는 바로 붉은 원이 움직이는 속도였다. 원은 눈으로도 좇기 힘들 정도로 미친 듯이 움직였다. 정말이지 빨랐다.

다른 물고기들도 붉은 원이 움직이긴 했다. 하지만 대부분 천천히 움직이거나, 원이 미끼를 던질 만큼 충분히 컸다.

그에 비해 황금 연어는 도무지 미끼를 던질 수 없을 만큼이나 포인트 지점이 좁았고 너무 빠르게 움직였다.

민혁은 빠르게 움직이는 붉은 점을 향해 있는 힘을 다해 미끼를 던졌다.

촤아아앗!

놈은 비웃듯이 가뿐히 그 지점을 벗어났다.

그렇다면 방법은?

"어르신! 창! 창입니다!"

밴은 극강팔인의 귀신창을 쓰는 사내다. 낚을 수 없다면 놈을 꿰뚫어 버리면 된다.

하지만 곧 밴이 절망적인 말을 했다.

"죽은 연어는…… 조개 골램이라는 포식자를 불러낼 수 없어."

민혁은 눈살을 찌푸렸다.

지금 생각해 보면 황금 연어가 몸집이 크다고 해도 밴이 던진 창에 직격당한다면 온몸이 산산조각 터질 확률이 높다.

그에 민혁이 할 수 있는 건 하나였다.

던진다.

촤르르르르르!

놈은 가뿐히 피해냈다. 다시 던진다.

촤르르르르르

민혁은 낚싯대를 들어 올리고, 던지고, 들어 올리고를 반복했다. 하지만 택도 없었다.

놈은 미친 듯이 주변을 움직였는데, 심지어 놀리는 것처럼 배 주변을 떠나지 않았다.

한 시간 동안 계속 던지고 회수하고를 반복했다.

[손재주 1을 획득합니다.]

하지만 그럼에도 불구하고 놈은 잡히지 않았다.

그러던 중, 놈은 시시해진 것인지 유유히 사라졌다.

"제길!"

밴은 절망한 표정이었다. 5년 동안 찾아다니던 놈을 한순간에 코앞에서 놓쳐 버렸으니까.

민혁이 말했다.

"아직 끝나지 않았습니다."

"……."

"다시 찾을 수 있어요."

놈이 움직인 방향이 민혁에겐 붉은 점으로 표시되어 있다.

"다시 가죠!"

다시 배는 출발했다. 그리고 다시 배가 연어가 있는 지점에 도착했다.

던진다. 놈이 도망친다. 던진다. 또 도망친다.

민혁은 세상에 노력 없이 먹을 수 있는 건 없다고 생각했다. 일하지 않는 자 먹지도 말라! 고진감래. 고생 끝에 맛있는 걸 먹는 법!

조금 전 마주했던 황금 연어는 참으로 맛있게 생긴 녀석이었다. 미끼로 쓰고 그 후에 자신이 맛있게 먹으리라!

그렇게 던지고 또 던지고 던지고를 반복하다 보니, 두 시간이 지났다.

[손재주 1을 획득합니다.]

[스킬 의지가 발동됩니다.]

[손재주에 관련한 모든 능력이 일시적으로 27% 상승합니다.]

그러자 붉고 좁은 원이 아주 미세하지만 조금 커지는 것이 보였다.

민혁은 계속해서 던졌다. 1시간, 2시간, 4시간, 7시간······.

해가 졌다. 다시 노을이 뜨며 아침이 밝았다. 하지만 민혁은 계속 낚시를 했다.

[초급 낚시가 레벨업 합니다.]

밴은 민혁에게 낚시 스킬을 가르쳐 줬다.

사실 민혁은 높은 손재주 스텟으로 이미 충분히 놀라운 낚시꾼의 힘을 낸다. 하지만 초급과 중급, 상급이 될수록 추가로 생겨나는 것들이 있기에 일단 배워뒀었다. 그랬는데, 초급 낚시가 벌써 8레벨을 넘겼다.

민혁이 쉴 새 없이 계속 던지는 모습에 밴은 감탄했다.

'내, 내 아이의 복수를 위해서······!'

처음 보는 저 청년이 저렇게 노력하고 있었다. 오로지 아들의 복수를 위해서.

그는 밤새 쉬지 않고 비장한 표정으로 낚싯줄을 던지고 있었다. 이마에서 땀이 흐르고, 허리가 아픈 듯 두들겼다가 다시 미끼를 던지고 있었다.

물론 민혁은 머릿속은.

'빨리 잡아서 놈을 맛있게 먹고 싶다!'

이런 생각뿐.

그 착각 속에서 밴은 생각했다.

'그에게 뭐라도 해주고 싶군……!'

하지만 그는 지금 가진 게 많지 않았다.

아들이 죽은 후, 모든 권력을 포기하고 돌아섰다. 아들이 죽은 게 자신 탓이라고 생각한 것이다.

그래서 모든 걸 포기하고 이곳에서 낚시만 했다. 금은보화, 권력 모든 걸 버렸다. 때문에 가진 게 없었다.

'있다면.'

그는 자신의 손을 내려다봤다.

지니와 칸, 로크. 그들을 비롯한 레전드 길드의 길드원들은 북부 대륙에 포진해 있는 퀘스트를 찾고 있었다.

"뭐 도와 드릴 일 없습니까?"

"크하하하, 제 힐은 치료도 가능하죠. 치료해 드릴깝쇼?"

"혹시 여기 로빈 닮은 여자애 없어요? 저로 말할 것 같으면 동하초의 붉은 발 제프를 이긴 에이스죠."

그들은 공통점을 가진 퀘스트를 찾고 있었다. 첫 번째로 공유

가능하고, 두 번째로 가신을 얻을 수 있는 퀘스트다.

가신은 말 그대로 충직한 신하였다. 또한, 길드에 가신은 꼭 필요한 존재들.

NPC란 이곳에서 살고 있는 자들이다. 그러한 자들 중 영향력 있는 가신을 포획하는 것은 매우 중요한 일이었다.

특히나, 길드 내에서 작위를 얻을 사람을 충분히 보필할 수 있는 가신이 필요했다.

"민혁이는 왜 귓속말 안 보지? 꺼져 있는 것도 아닌데."

그리고 지니는 귓속말을 보냈던 참이었다.

그녀의 귓속말 내용은 이러했다.

[지니: 민혁이 너 혹시 귀족 작위 받을래?]

물론 지니가 시간이 흐른 후 명성을 채워 자작을 받아도 된다. 하지만 그러면 영토를 확장하고 자작으로서의 입지를 쌓는 게 더 오래 걸린다. 차라리, 길마인 지니가 한 걸음 물러나 민혁에게 양보하는 게 나았다.

한데, 민혁은 지금 계속 귓속말을 보지 않고 있다.

그러던 중, 지니는 후다닥 달려오는 칸을 발견했다.

"괜찮은 가신 하나 찾았어!"

그에 지니가 이를 드러내 웃었다.

"오?"

"예전에 대륙에서 천명의 창술사 중 한 명이었다는데?"

"와, 제대로 물어왔네?"

지니는 공유된 퀘스트의 정보를 확인해 봤다. 확실히 보상 목록에 천명의 창술사라고 적혀져 있었다.

그리고 레벨도 얼추 추정 가능했다. 약 400 정도로 랭커들과 맞먹는 레벨!

"이 정도 가신은 있어줘야지!"

지니가 이를 드러내 웃었다. 이제 민혁이 오면 이 퀘스트를 공유해 주면 될 것 같았다.

그러다 칸이 말했다.

"근데 왠지 민혁이 가신 생기면…… 같이 있을 때마다 잡일 시킬 거 같지 않아?"

"응?"

"상추 따거나, 아니면 라면 끓여 오라거나."

지니는 그 말에 피식 웃었다.

"에이, 설마~"

밴은 고생하는 민혁을 위해 손수 믹스커피를 타줬다.

그 향을 음미한 민혁. 그가 미간을 찌푸렸다.

"커피가 왜 이렇게 싱거워요!"

"……그, 그런가?"

"너무 싱겁다니까요. 아이참, 물도 잘 못 맞추시고!"

'나, 나 귀신창 밴인데, 커피 못 탔다고 욕먹고 있다……!'

밴은 멍한 표정으로 민혁을 보았다.

계속 열심히 해주는 게 고마워 커피를 타주는 것까지는 좋았다. 그런데 문제는 민혁이 한 잔을 마시면 또 한 잔을 원했고, 그다음 두 잔, 세 잔, 네 잔 계속해서 원했다는 것이다.

"역시 커피는 맥셤~"

그리고 벌써 150잔째에 이르렀다.

[카페인 중독에 걸리셨습니다.]

[심장이 빠르게 뛰고 잠을 자지 못합니다.]

[모든 상태 이상으로부터 버텨낼 수 있는 만독불침의 육체를 가지고 있습니다.]

[상태 이상으로부터 저항합니다.]

"웅, 맛있으면 영 칼로리~"

앉은 자리에서 200잔을 마신 민혁.

"옳지, 이제야 물 좀 잘 맞추시네!"

"허허허! 내가 커피를 좀 잘 타지! 허허허!"

"계속 그렇게만 타세요! 이제야 뭐 하나 제대로 하네요!"

"허허허허, 그래, 나 열심히 커피 타겠네!"

그러다 밴은 고개를 갸웃했다.

'응? 뭔데, 내가 이 칭찬에 이리도 기뻐하고 있는가?'

이유를 모르겠다.

그리고 어느덧 이틀이 지났다.

민혁은 이런 식으론 안 된다고 여겼다. 방법. 방법이 필요했다.

옆에서 계속 커피 리필을 해주는 밴! 그 커피를 원샷 때리며 민혁은 골똘히 생각해 봤다.

그러던 중, 민혁은 아차 했다.

'……내가 왜 그 생각을 못 했지?'

너무 낚시에만 의존했다.

그는 바닷속에서 여전히 빠르게 움직이는 연어를 내려다보았다.

'레시피 창조……!'

레시피 창조를 무조건 사람한테만 사용할 수 있다는 보장은 없다. 또한, 레시피 창조는 그 존재가 가장 먹고 싶어 하는, 좋아하는 음식을 만들어낸다.

낚시란 무엇인가? 기다림의 연속이다. 미끼를 놓고 물고기들이 오길 기다리는 것이다.

즉, 황금 연어. 그놈이 제 발로 미끼를 물어버리게 유도한다.

그러면? 생각보다 손쉽게 만들 수 있을지도 모른다.

민혁은 바로 실행에 들어갔다.

물속의 황금 연어. 놈은 민혁과 밴을 약 올리기 위해 어느덧 형체가 보일 정도로 올라왔다. 하지만 놈은 밴조차도 잡을 수 없을 정도로 빠르다.

'레시피 창조!'

(황금 연어를 위한 갑각류 미끼 레시피)

필요 재료: 환상의 꽃게, 빛바랜 새우, 큰 집게 가재…… (생략)

기대 요리 등급: 레어~에픽

기대 효과:

- 더 많은 특별한 포인트 보유

"……된다!"

민혁은 쾌재를 불렀다. 혹시나 해서 해봤는데, 된다!

"환상의 꽃게, 빛바랜 새우, 큰 집게 가재가 필요합니다!"

"……그런가? 어서 잡아보지!"

밴도 이제 민혁을 의심하지 않았기에 서둘러 낚시를 시작했다.

[오징어를 획득합니다.]

[큰 집게 가재를 획득합니다.]

[입 큰 아귀를 획득합니다.]

[환상의 꽃게를 획득합니다.]

재료는 여섯 시간 만에 전부 모았다.

민혁은 갑각류를 전부 갈았다. 식신의 습득 스킬이 미끼를 만드는 과정을 도와줬다.

그는 낚싯바늘 끝에 주먹만 한 미끼를 매달았다. 그리고 밴과 눈을 맞췄다. 밴은 긴장한 기색이 역력했다.

곧이어 민혁은 천천히 놈이 있는 쪽으로 바늘을 휘리릭 던졌다.

퐁당!

요란한 소리를 내며 미끼가 안으로 들어갔다.

다시 붉은 점이 빠르게 움직인다. 황금 연어가 '나 잡아봐라!'를 하고 있는 것.

그렇게 기다림의 시간이 지나간다.

1시간, 2시간, 5시간…….

"얘, 너무 똑똑해서 미끼를 안 무나 봐요……."

"……허어, 무슨 물고기가 이리 머리가 좋은가."

두 사람이 탄식을 흘렸다.

그런데 포기하려던 그 순간.

두 사람이 이야기를 나누는 새에 붉은 점이 빠르게 미끼 쪽으로 접근하고 있었다.

그 순간.

패애애앵-

낚싯줄이 당겨졌다.

"……!"

눈을 크게 뜬 민혁이 있는 힘을 다해 낚싯줄을 감기 시작했다. 밴도 긴장한 기색으로 물속을 바라봤다.

곧이어 커다란 황금 연어가 물속에서 끄집어 올려졌다.

푸화아아앗!

그와 함께 알림이 울렸다.

[전설의 물고기 중 하나인 황금 연어를 낚아 올리는 데 성공하셨습니다.]

[낚시왕 강태공 칭호를 획득합니다.]

그와 함께 퀘스트가 변했다.

[연계 퀘스트: 조개 골렘 사냥]

등급: SS

제한: 밴과의 친밀도

보상: ?

실패 시 페널티: 밴과의 친밀도 하락

설명: 황금 연어를 낚아낸 당신. 이제 황금 연어를 이용해 조개 골렘을 끌어들이는 일만이 남았다.

민혁은 전율했다.

'크! 이게 아버지가 말씀하셨던 손맛!'

자신도 모르게 희열하고 있었다.

오랜 기다림 끝에 낚아 올릴 때의 그 긴장감에 심장이 터질 듯이 펌프질했다. 그리고 녀석이 수면 위로 드러났을 때는 안도의 한숨과 함께 절로 기분이 좋아졌다.

밴은 서둘러 녀석의 몸에 밧줄을 감았다.

"이 밧줄은 마법이 걸려 있기 때문에, 한번 묶이면 절대 풀 수 없지."

물고기들의 비늘은 미끌거린다. 그를 대비해 밴은 일부러 마법이 걸린 밧줄을 준비한 거다.

민혁은 이번에 얻은 칭호를 확인해 봤다.

(낚시왕 강태공)

유일 칭호

칭호 효과:

- 특별한 물고기를 낚을 확률 1.5배 상승
- 5대 스텟+10

특별한 물고기를 낚을 확률이 대폭 상승했다.

민혁은 기분 좋게 웃을 수밖에 없었다.

파다다다닥!

황금 연어는 어떻게든 배를 벗어나기 위해 날뛰고 있었다. 하지만 이미 밧줄로 묶인 상태!

뱀은 밧줄을 자신의 손에 묶은 후에 황금 연어를 물속으로 다시 집어넣었다.

그는 극강팔인 중 한 명이었다. 그가 힘이 약해 황금 연어가 도망갈 일은 없으리라.

"이제 놈을 유인하는 일만 남았군."

뱀의 표정은 비장함에 가득 차 있었다.

자그마치 5년이라는 시간. 그 시간 동안 하루도 빠짐없이 이 날만을 기다려 왔다.

배가 이동했다.

뱀이 도리토의 풍선껌을 씹었다.

그에 따라 민혁도 도리토의 풍선껌을 씹었다. 그러다 '퉷!' 하고 뱉어냈다.

"……그걸 왜 뱉나?"

"단물이 빠져서요. 아 맞다, 바다 들어가야 하는데!"

"……."

물속에서도 자유롭게 숨을 쉴 수 있게 도와주는 도리토 풍선껌! 민혁이 한꺼번에 다섯 개를 입에 구겨 넣었다.

"많이 넣어야 물속에서 안 뱉죠."

"……음."

뱀이 고개를 끄덕였다.

"날 잘 따라오세."

"네!"

밴이 창을 등에 메고 물속으로 뛰어들었다.

민혁도 그를 따라서 물속으로 들어갔다.

[도리토 껌의 효과로 인해 물속에서 1시간 동안 숨을 쉴 수 있게 됩니다.]

정말 놀라운 일이었다. 물속이었지만, 호흡이 가능했다.

민혁은 수영도 곧잘 했기에 밴을 따라 능숙히 내려갔다.

둘은 곧 바다의 하층부에 도착했다.

돌 인근에 신비한 생명체들이 많이 자라 있었고, 물고기들, 숨어 있는 게들도 있었다.

샥 샥샥!

당연히 민혁은 밴을 쫓아가면서도 서둘러 그것들을 낚아채 인벤토리에 넣는 걸 잊지 않았다.

그리고 어느덧 한 동굴 앞에 도착할 수 있었다.

땅에 내려서자 물속을 걷는다는 느낌이 아니라, 육지 위를 걷는 듯한 느낌으로 자유로웠다. 이 또한, 도리토 껌의 효과였다.

그 동굴 속은 어두컴컴했다.

민혁은 동굴을 바라봤다.

'저 안에 조개구이가 있다……!'

그리고 밴은 연어를 동굴의 앞쪽으로 밀착시켰다.

황금 연어의 몸에서 흘러나오는 그 빛은 동굴 속까지 뻗어나갔다. 그 정도로 밝고 휘황찬란했다.

밴은 자신의 창을 꾹 쥐었다.

'아들아……!'

그러다 그는 동굴 안쪽을 바라보는 민혁을 보았다.

'그리고 보면…….'

민혁은 자신의 죽은 아들과 비슷한 또래였다.

그는 곰곰이 떠올려 봤다.

'오랜만에 웃었지.'

그가 끓여준 라면을 먹었을 때, 정말이지 맛있다고 생각했다. 그리고 그가 라면을 맛있게 먹을 때, 왠지 모르게 흐뭇한 웃음이 감돌았다.

'다른 이와 함께 밥을 먹은 지도 몇 년이던가.'

민혁은 참 고마운 청년이었다.

민혁이 다시 껌을 뱉는 게 보였다.

"커헉, 수, 숨이……!"

그는 서둘러 다시 도리토 껌, 열 개를 입에 넣고 씹었다.

"휴…… 도리토 껌, 맛있쪙!"

좀 이상하긴 한데, 고마운 청년은 분명히 맞았다.

그렇게 기다림의 시간이 지나갔다.

1시간, 2시간, 5시간, 12시간…….

"……뭐지?"

밴은 이해할 수 없었다.

그동안 용왕의 바다에서 살아 있는 이족 보행의 어류들, 그 외의 인어와 그 수호 기사들 등. 그 다양한 존재들을 접하고 알아낸 게 황금 연어를 이용해 놈을 사냥하는 방법이었다.

그들의 말에 따르면 놈은 평소에도 왕성한 식욕을 자랑하지만, 황금 연어의 빛을 보는 순간 이성을 잃는다고 했다.

그렇게 다시 12시간이 지났다.

'도, 도대체 왜 나오지 않는 거야!'

밴은 당혹할 수밖에 없었다.

민혁도 마찬가지였다.

'조, 조개구이 먹어야 하는데!'

조개구이.

민혁의 또래라면 친구 중에 차를 가진 녀석이 꼭 한두 명쯤 있게 마련이다. 그 녀석의 차로 친구들이 함께 바다로 향한다. 차를 가진 아이는 운전기사가 되고 자기들끼리 웃고 떠든다. 그러다 모두가 잠이 들면…….

'이 ×새끼들!'

괜스레 코끝이 찡해지는 차를 가진 친구.

그렇게 바다에 도착해, 친구들과 함께 바닷가에서 놀다가 조개구이를 먹어주는 것. 남들에겐 정말 사사로운 일상이다. '야, 오늘 조개 콜?'이라는 한 마디면 끝난다.

하지만 민혁에게는 불가능한 일상이었고, 그는 바닷바람을 맞으며 먹어보고 싶었다. 조개구이를!

한데, 그 녀석이 나타나질 않는다.

민혁은 조심스레 물었다.

"혹시 포식자는 어느 정도 강함을 가지고 있나요?"

그 물음에 잠시 생각했던 밴이 말했다.

"일반 제국의 실력 있는 기사 정도라고 해야 할까?"

"음?"

민혁은 고개를 갸웃했다. 생각보다 녀석이 그렇게 강한 것 같진 않았다. 실제로 제국 기사라면, 보통 추정 레벨이 300~360 사이를 웃도는 수준이다.

'할 만할 것 같은데?'

"녀석이 용왕의 바다에서 유명한 이유는 희소성이네. 또한, 놈은 단순히 먹어서는 안 될 것만 먹는 것도 아니지, 용왕의 바다에 있는 쓰레기들까지 먹어치워."

밴의 말에 민혁이 고개를 끄덕였다.

"그래서 용왕의 바다의 용왕은 굳이 그를 사냥하지 않았다고 하더군."

"그렇군요."

말 그대로 희소성이다. 전설 몬스터라고 무조건 엄청나게 강한 건 아니다.

희소성.

실제로 민혁은 배고픈 자의 던전 안에서, 그 강함과 등급이 어울리지 않는 녀석들을 봤다.

그리고 이렇게 생각하면 편하다.

100레벨 유저들 사냥터 안에도, 레어, 혹은 유니크 몹이 존재한다. 그와 같은 것이라고 보면 될 터.

"그럼 제가 안으로 들어가서 직접 유인해 오는 건 어떨까요? 황금 연어를 데리고 가서 말이지요."

그 말에 밴은 눈을 파르르 떨며 말했다.

"어, 어찌 그렇게까지 하는가. 자네가 위험할 수 있네."

밴의 말에 민혁은 고개를 저었다. 이렇게 하루 이틀 계속 지나면 안 된다. 또한, 잡힌 물고기는 아무리 물에 풀어줘도 언제 죽을지 모른다. 그러다 황금 연어가 죽어버리면?

'그러면 연어가 맛이 없어지지⋯⋯!'

연어는 살아 있는 상태에서 그대로 회 떠야 맛 아니겠는가?

오로지 '먹을 것을 향한 용기'인 것도 모르고 밴은 감격했다.

"서둘러 밴 어르신도 이 낚시꾼 생활을 끝내셔야죠. 어서 놈을 사냥하고요. 빠르게 놈만 유인해서 나오겠습니다. 또 저한테는 몸을 투명하게 만들 수 있는 투명 망토도 있거든요."

밴이 더 억울할 것 같은 이유는 바로 조개 골렘이 생각보다 엄청 강하지 않은 거다. 밴이 마음만 먹으면 죽일 수 있는 녀석이건만 밖으로 나오지 않으니, 미치고 팔짝 뛸 노릇 아니겠는가?

이어, 밴은 묘책을 생각했다.

"혹시 모르니, 자네 몸에도 이 밧줄을 묶겠네, 이걸 팽팽하게 세 번 연속 당기면 내가 서둘러 끌어당기지. 그리고 자네는 아무리 낚시나 요리가 뛰어나도 결국 요리사일 뿐이지, 않은가. 조심, 또 조심하게."

밴은 민혁이 요리만 중점적으로 익힌 요리사라 생각했다.

그럴 수밖에 없다. 당장 민혁의 요리 실력, 낚시꾼 능력은 생산직과 관련된 힘을 발휘하는 데 주력했어도 오르기 힘든 경지였다.

밴의 말에 민혁은 피식 웃었다.

"저 엄청 센데요?"

"허허, 아무렴."

밴은 그 말에 긴장감을 풀게 하기 위한 농담으로 치부했다.

이윽고 민혁이 황금 연어를 밧줄로 강아지를 산책시키듯 끌고 갔다.

그는 동굴 앞에서 버프 능력을 사용했다. 먼저 엘레의 검술을 이용해 모든 스텟을 상승시키고 추가 대미지, 회피율, 치명타 확률을 올렸다. 그리고 그 상태에서 처음으로 착용하고 있던 대마도사 아필드의 망토의 투명화를 사용했다.

[투명화]

[투명화를 사용한 후에 2초간은 적을 공격해도 투명화가 풀리지 않으며 2초가 지났을 시 공격하게 되면 투명화가 풀리게 됩니다.]

"오……!"

밴은 감탄했다.

민혁의 몸이 순식간에 사라졌다. 또한, 그의 몸을 묶고 있던 밧줄도 사라졌다.

대신에 민혁을 묶는 게 아닌, 황금 연어와 연결된 밧줄과 황금 연어 자체는 투명화 상태가 되지 않았다.

민혁은 천천히 안쪽으로 걸어 들어갔다.

'듣기론 녀석은 크기가 거의 2톤 트럭만 하다고 했지?'

크기가 아주 커다란 녀석이라고 했다. 또한, 온몸에 세상 모든 조개가 다닥다닥 붙어 있다고.

놈을 찾는 건 어렵지 않을 것이다.

그렇게 안쪽으로 들어가던 중, 민혁은 동굴이 넓어졌다는 걸 깨달았다. 거의 학교에 있는 대강당의 크기였다.

더 놀라운 것은 바닥이었는데, 바닥의 중앙이 뻥 뚫려 있었다.

'이건 따로 입구가 없겠지?'

아마도 이 던전 특성인 것 같았다.

또, 지켜보자 그 뻥 뚫린 곳으로 물고기들이 올라왔다. 심지어 쓰레기들도 함께 올라왔다.

'와…… 가만히 앉아서 물고기를 먹으면 되는 거야?'

그런 생각을 하던 때였다.

부스럭.

"……?"

민혁은 위쪽에서 작은 돌무더기가 떨어진 걸 볼 수 있었다. 그가 천천히 고개를 들었다.

"……!"

민혁은 가까스로 터져 나오려는 숨을 틀어막았다.

그리고 바로 천장에 붙어 있는 녀석을 볼 수 있었다.

[네임드 몬스터]

[전설 몬스터 분노한 조개 골렘을 최초로 발견하셨습니다.]

[명성 20을 획득합니다.]

[분노한 조개 골렘을 사냥 시 경험치 2배, 아이템 드랍률 2배가 됩니다.]

"……?"

민혁이 이해할 수 없는 게 두 가지 있었다.

첫 번째. 조개 골렘의 이름이 그냥 조개 골렘이 아닌, '분노한 조개 골렘'이라는 거였다.

그리고 또 다른 두 번째. 놈의 모습이 뱀에게 들었던 것과 달랐다. 놈은 스파이더맨처럼 천장에 붙어 있었는데, 일반 성인 남성보다 조금 더 큰 2m 크기였다. 또한, 얼굴의 가운데에만 달린 섬뜩한 눈동자는 가히 공포를 자아냈다.

천장에 붙은 놈의 고개가 천천히 움직였다.

끼디딕-

그런 그와 민혁의 눈은 사실상 마주쳐 있었다. 놈이 보지 못할 뿐.

그리고 민혁은 녀석에게서 지금 흘러나오는 검은빛을 볼 수 있었다. 또한, 채취할 수 있는 재료들도.

'먹을 수 있다는 거지……!'

그리고 놈은 크기는 들었던 것보다 훨씬 더 작았지만 엄청난 숫자의 조개 재료를 채취할 수 있다고 되어 있었다.

그러던 때, 놈의 입이 쩌억 벌어졌다.

그러더니 이내.

수우우우웅!

놈의 머리가 갑자기 트럭 크기만큼 거대해졌다. 그 입은 민혁까지도 단숨에 삼킬 정도로 커다랬다.

놈은 황금 연어를 삼키려 했다. 한데, 놈의 입안이 삼킬 범위에는 민혁도 포함되어 있었다.

황금 연어가 먹힌다면?

'내 황금 연어……!'

민혁이 검을 꽉 쥐었다.

3장
조개구이

용왕의 아이, 캬리는 한숨을 쉬며 자신의 방에 들어왔다.

'제빗, 어딜 간 거니……'

세 번째 아이, 제빗이 실종된 지 벌써 며칠째다.

'혹시 도망친 걸까?'

아니, 그럴 리 없다.

제빗은 셋 중에서 가장 어렸지만, 그 누구보다 용왕을 믿고 따랐다. 토끼의 간을 용왕이 원했다면 당장 주었을 것이다. 그 정도로 충성심이 깊었고 용왕을 사랑했다.

그러다 캬리의 눈이 찌푸려졌다.

"저건……?"

그녀의 고개가 침대 밑으로 향했다.

침대 밑에는 종이가 있었는데, 그것은 편지였다.

[용왕님이 나을 수 있다면 뭐든지 할 거야, 그래서 난 포식자를 잡으러 가려고 해. 금방 돌아올게. 캬리.]

그리고 자신임을 증명하듯 토끼 발자국이 찍혀 있었다.

아마도 제빗이 편지를 쓰고 책상 위에 올렸뒀는데, 나갈 때 문이 닫히며 침대 밑으로 들어간 듯했다.

'제빗……!'

제빗은 셋 중 가장 약했다.

하지만 용왕의 아이. 포식자라고 불리는 전설의 조개 골렘을 사냥하는 정도는 가능할 터다.

본래 조개 골렘은 용왕이 잡기를 금했다. 놈이 먹어치우는 쓰레기 때문이다.

하지만 제빗은 과거 그의 발언을 무시하고 놈을 사냥하러 갔다. 벌 받을 것도 각오했겠지. 얼마나 그가 용왕을 아끼는지 보여주는 대목이다.

또한, 제빗은 가장 약해도 특별한 힘을 가졌다.

어렸을 때부터 그녀는 로베스 신과 유일하게 소통이 가능한 여인이었다. 용왕조차도 하지 못하는 소통! 때문에 신성력은 말할 것 없이 높았고, 다양한 제조에 뛰어났다.

그녀는 엄청난 포션도 제조가 가능했다. 분명 포식자를 이용한 재료로 용왕을 먹일 포션을 제작하려는 것이 분명했다.

또한, 그녀가 가진 버프 능력도 상당했는데, 그중엔 어그로 능력도 있었다. 그 어그로 능력은 어지간한 놈들도 다 끌어올 정도로 어마어마했다. 포식자도 끌어올 수 있을 것이다.

그런데, 여기서 문제.

'왜 제빗은 돌아오지 않은 거야……?'

설마 그녀가 잘못되었을까? 아니, 포식자는 그녀가 이길 수 있다. 그렇다면 이변이 발생한 것.

'서, 설마…… 포식자가 분노한 건가?'

포식자는 이제까지 두 번 정도의 분노를 했다.

분노한 포식자는 신체가 완전히 변화하고 당연히 훨씬 더 강해진다.

그의 분노는 바닷속 쓰레기들을 먹어치우면서 차오르는데, 끝까지 차오르면 결국 분노한 포식자가 된다.

'분노한 포식자…… 조개 골렘은…….'

제빗이 이길 수 없을지도 모른다.

검을 꽉 쥔 민혁은 다물어지려는 녀석의 입을 봤다.

'가까우니까, 한 번에 잡을 수 있어.'

입안을 공격하는 거다. 한 번만 적중시킨다면 단숨에 놈을 사냥할 수 있을 것이다.

[비산하는 검]

[한 번의 일격으로 여섯 번 연속으로 타격하며, 30%의 추가 대미지가 붙습니다.]

파지지지짓!

아무것도 없는 허공에서 이질적인 소리가 났다.

"그으?"

입을 크게 벌렸던 조개 골렘이 의아한 표정을 지었다.

그리고 그 순간을 놓치지 않고 민혁은 놈의 입안으로 비산하는 검을 사용했다.

탱!

'……?'

놈의 거대한 입속에 검이 직격한 순간 민혁은 정체 모를 소리를 들었다.

'뭐야, 이 소린 마치 쇠를 두들긴 것 같은 소리잖아?'

그리고 다섯 번 연달아 놈의 입을 후려친다.

태태태태탱!

여전히 검은 박히지 않고 있었다.

그 순간, 놈의 커졌던 입이 본래의 상태로 돌아왔다.

그리고.

푸쉬이익!

마지막 한 번의 공격이 놈을 횡으로 베어냈다.

"쿠아아아!"

[무형검]

[방어력을 무시하는 검.]

놈의 몸에서 후두둑 조개껍데기들이 튀어 올랐다.

'미친 방어력……!'

민혁은 알았다. 자신의 검이 모두 허용되지 않고 한 번만 가능했던 이유.

'도대체 방어력이 몇이야?'

그리고 섬뜩한 조개 골렘의 한쪽밖에 없는 눈이 민혁을 향해 있었다. 2초가 지난 후 공격을 해 투명화가 풀린 것!

놈이 달리는 제스처를 취했다.

민혁은 그 순간, 직감했다.

"스……텝!"

수우우우웅!

놈이 지면을 박차는 순간, 땅이 파였다. 그와 함께 바람처럼 민혁이 남긴 잔상에 주먹을 휘둘렀다.

수우웅!

가까스로 피해낸 민혁. 하지만 놈이 몸을 돌려 다시 주먹을 휘두른다.

수우우우웅!

스텝으로 이동되기 전 민혁은 느꼈다.

휘두른 주먹에서 뻗어온 바람이 그의 머리카락을 흔들었다.

탓!

가까스로 또 한 번 피해내면서 민혁은 놈의 몸을 검으로 스치고 지나갔다.

태앵!

그리고 역시나 예상과 같이 검이 박히지 않았다.

'무슨 말도 안 되는……!'

쾅!

그 순간, 놈이 또 한 번 땅을 박차더니, 빠르게 거리를 좁혀오기 시작했다.

[분노하는 검]

[강한 찌르기에 공격력 60%가 추가되며 급소 찌르기에 성공할 시 총 100%의 힘을 더 내며 폭발합니다.]

수우우웅!

강력한 힘을 머금은 검이 힘껏 앞을 향해 찔러진다.

분노하는 검은, 말 그대로 강하게 적을 찌르고 그 후에 그 안에서 응축시킨 힘을 터뜨리는 거다.

'이게 무형검에 의해 박히기만 한다면……!'

놈을 제압할 수 있을지도 모른다. 하지만.

탓!

앞으로 달려오던 조개 골렘의 주먹에 검은 기운이 맺혔다.

콰하아아아악!

놈이 달리면서 주먹을 검 끝을 향해 힘껏 휘둘렀다. 그러자 주먹에서 뻗어진 강력한 힘이 민혁의 검 끝과 충돌했다.

콰아아아아아앙!

"크흐읍!"

검 끝에 응측된 힘이 폭발하며, 놈이 쏘아낸 힘도 폭발한다. 민혁의 몸이 뒤로 퉁겨 나갔다.

그 순간, 어느새 따라붙은 조개 골렘을 본 민혁의 눈이 휘둥그레 떠졌다.

하지만 민혁은 놀라운 반사 신경을 발휘하며 그 상태에서 또 한 번 공격을 시도했다.

[난무하는 검]

[7초 동안 무차별적인 검의 난무에 35% 추가 대미지가 붙습니다.]

푸쉬시시싴! 푸쉬시시시시싴!

빠르게 무차별적으로 휘둘러지는 난무하는 검! 어쩌면 공격 허용이 필요한 이때, 차라리 이게 나을지도 몰랐다.

수십여 개의 검의 잔상이 무차별적으로 휘둘러진다.

[무형검]

푸지이이익! 태태래래랭!

놈의 몸에 상처가 생긴다. 하지만 조개 골렘은 날아가는 민혁을 쫓는 걸 멈추지 않았다.

그리고 민혁의 검이 놈의 가슴을 크게 베어냈다. 무형검이 말도 안 되는 이유는 방어력을 전부 무시하기 때문이다.

무형검을 사용하면, 말 그대로 사람이 티셔츠 한 장도 입지 않은 상태에서 공격당하는 것과 같아진다. 그 의미는 적이 가진 순수한 HP양에 따라 한 번에 잡을 수도 있다는 말이다.

하지만, 놈은 여전히 굳건해 보였다.

'도대체 HP가 몇이길래……!'

민혁은 땅을 구르고 재빨리 일어섰다.

순간 조개 골렘이 거리를 좁히는 것을 본 민혁은 피할 수 없음을 깨닫고, 서둘러 프라이팬을 꺼냈다.

[프라이팬 거대화]
[마력량에 따라 프라이팬 크기를 조절할 수 있습니다.]

민혁은 거대화시킨 프라이팬으로 자신의 앞을 막았다.

그 순간.

콰아아아아앙!

놈의 주먹이 프라이팬에 직격했다.

"커헙!"

민혁의 몸이 뒤로 튕기듯 날아가 벽에 처박혔다.

'HP가 10%나 깎였다고……?'

단순히 프라이팬을 강타한 충격의 여파를 받은 것이건만 엄청난 대미지였다.

그리고 그때, 민혁은 자신의 눈앞에 있는 주먹을 볼 수 있었다.

콰아아아아앙!

주먹에 가격당한 순간 알림이 울렸다.

[HP가 50% 미만으로 떨어집니다.]
[강력한 일격에 한쪽 눈이 일시적으로 앞을 보지 못합니다.]

민혁의 한쪽 눈이 감겼다.

시야가 좁아졌다.

그리고 다시 한번 놈의 발이 민혁의 복부를 걷어찼다.

콰아아앙!

"큽!"

벽에 처박힌 민혁이 피를 토해냈다.

정신이 흐릿해졌다. 하지만 민혁은 검을 쥐고 인내했다.

'조개구이…… 먹는다……!'

입을 벌린 그 뽀얀 조개의 속살, 마치 하나의 접시 같은 조개껍데기에 나온 하얀 국물. 그 조개를 들어 올려, 초장에 찍는 그 맛. 그 맛을 민혁은 다시 한번 느껴보고 싶었다. 기필코.

[HP가 3% 미만으로 떨어집니다.]

[출혈로 인해 서서히 죽어갑니다.]

민혁의 머리에선 피가 흐르고 있었다. 몸 또한 성치 않았다.

하지만 그의 몸을 밝은 빛이 감으며 온몸이 빠른 속도로 회복됐다. 바로 불멸의 갑옷 효과였다.

[세 번 빠른 공격]

[세 번 연속 공격합니다.]

죽어가는 민혁을 보며 잠시 방심하던 조개 골렘. 민혁의 검이 빠르게 한 번 놈의 복부를 찌른다.

팅!

하지만 놈의 단단한 갑각이 막아낸다.

티이잉!

또 한 번 찔렀지만, 또다시 막아낸다.

그리고 마지막.

퍼지이익!

놈의 복부에 정확히 검이 파고들었다.

[치명타가 터졌습니다.]

"크아아!"

조개 골렘이 비명을 질렀다.

수우우웅!

놈의 손이 휘둘러진다.

[스텝]

[1m 거리를 빠르게 두 번 이동하며 적을 공격할 수 있습니다.]

첫 번째 걸음은 녀석의 팔의 동선을 피해 좌측으로 움직인다.

푸화아아앗!

놈의 두꺼운 갑옷 같은 조개껍데기가 후두둑 튀어 올랐다.

"크르으으!"

놈이 성난 소리를 흘리며 다시 휘두른다.

또 한 번 공간을 접어 움직이며 거리를 벌린 민혁이 검 끝으로 땅을 힘껏 찔렀다.

[어스 퀘이크]
[격렬한 지진이 반경 10m 내에 발동됩니다.]

"크하아!"

분노한 조개 골렘은 민혁을 잡기 위해 팔을 뻗었다. 하지만 곧 뒤틀리는 땅이 솟아오르며 놈의 몸을 집어삼켰다.

그 틈에 민혁은 거리를 벌리기 위해 달렸다.

'가장 빨리 돌아오는 스킬의 쿨타임은?'

비산하는 검. 하지만 그마저도 20초가량이 남아 있다.

뿌드드드득-

놈은 솟아오르는 땅마저 부수는 엄청난 괴력을 보이고 있었다.

그사이 민혁은 100m가량을 벌렸다.

어느덧 땅에서 벗어난 놈이 분노한 표정으로 민혁을 노려봤다.

곧이어.

[조개 골렘의 포효]
[모든 능력치가 일시적으로 30% 상승합니다.]

"크라아아아아아!"

"크읍!"

민혁은 놈의 괴성과 함께 귀를 찢는 소리를 들었다.

'저기서 30%가 더 강해진다고?'

그런 생각을 하던 때 놈이 지면을 박차고 달렸다.

쾅!

'······!'

민혁의 눈이 크게 떠졌다.

엄청난 빠르기였다. 또한, 달릴 때마다 땅이 부서졌다.

하지만 곧 민혁이 달려 나갔다.

"스텝!"

앞으로 마주 달려오는 놈의 옆으로 겨우겨우 이동하자 달리던 놈이 우뚝 멈췄다.

민혁은 또 한 번 땅을 밟으며 놈의 등에 바로 붙었다.

[비산하는 검]

태태태!

역시나 놈의 방어력은 상상을 초월한다.

놈이 몸을 돌려 충격이 들어오는 와중에 민혁을 붙잡았다.

"······!"

민혁은 눈을 크게 떴다.

놈의 한쪽만 있는 눈이 검게 물들고 강력한 힘이 그 안에서 넘실거린다.

탱! 푸지이익! 풔지익, 탱!

놈의 가슴에 공격이 두 번 들어갔다. 하지만 괴물 같은 HP를 보유한 놈은 쓰러지지 않았다. 그리고 놈의 눈에서 쏘아지는 거대한 검은빛. 그 검은빛이 눈에서 여러 개가 쏟아져 나와 구를 만들어냈다.

이윽고 강력한 구가 민혁을 덮쳤다.

쾅쾅쾅쾅쾅쾅쾅!

쿠르르르르르!

그와 함께 동굴 전체가 크게 진동하며 천장에서 돌무더기가 후두두둑 떨어져 내렸다.

"아, 안 돼……!"

크게 흔들리는 동굴을 보면서 밴은 좌절할 수밖에 없었다.

그가 들어간 지 오랜 시간이 지났다.

안에서 싸우고 있는 소리가 들려오고 있었는데, 갑자기 들리는 소리. 동굴 전체뿐만이 아니라, 용왕의 바다가 진동할 정도로 엄청난 소리였다.

밴은 털썩 무릎을 꿇고 주저앉았다.

"……이, 이럴 순 없어."

아들을 잃었다. 그리고 그와 닮은 청년도 잃었다.

그는 허탈한 듯 멍하니 동굴 안을 바라봤다.

"……!"

끝났다고 생각했던 조개 골렘의 눈동자가 확장되었다.

분명히 방금의 공격으로 자신의 동굴에 들어온 침입자는 죽었어야 했다.

하지만 그 앞을 가로막고 있는 한 존재가 있었다.

그 존재는 자신의 주먹보다도 더 작았고 허공에 두둥실 떠 올라 있었다.

그는 다름 아닌 양은 냄비를 투구처럼 쓰고 있고 뒤집개를 든 아기 돼지인 콩이였다.

"꾸우울……!"

[콩이가 분노합니다.]

민혁은 스스로 소환의 방에서 튀어나온 콩이에 의해 놀랐다. 또한, 녀석의 등장과 함께 이런 알림이 들렸었다.

[콩이가 소환됩니다.]
[펫 소환 버프로 공격력 13%, 방어력 8%가 상승합니다.]

[펫 아티팩트 버프로 힘 4%, 방어력 10%가 상승합니다.]

콩이로 인한 버프!

콩이의 방어력은 자그마치 4,000에 이른다. 불멸의 갑옷의 방어력이 1,100 정도를 웃도는 걸 생각하면 엄청난 수준이라고 할 수 있을 것이다.

검은색의 강력한 힘이 둥그런 구 여러 개가 되어 민혁을 향해 날아오는 순간, 콩이에게서 알림이 들려왔다.

[칼날의 뒤집개]
[30초 동안 민첩 2배, 절삭력 1.3배가 상승합니다.]

콩이의 몸에서 미약한 검은빛이 흘러나왔다. 그 빛은 콩이의 움직임에 따라 연기가 흩날리듯 했다.

콰!

콩이가 몸으로 하나의 검은 구를 막아냈다.

콰콰콰!

곧이어 눈에 보이지도 않을 빠른 속도로 민혁을 향해 날아가는 구를 온몸으로 막기 시작했다.

하지만 콩이가 막아내지 못하는 것들도 있었다.

콰아아앙!

민혁은 옆구리를 검은 구에 허용했다.

"크흡!"

터지는 순간, 강력한 힘에 신음이 흘렀다.

하지만 민혁은 볼 수 있었다.

콩이는 민혁이 가격당할 시 가장 치명타를 입을 만한 곳들을 혼신의 힘을 다해 막아내고 있었다.

다 막아낸 후에 온몸이 상처투성이가 된 콩이는 분노한 표정으로 놈을 매섭게 노려보고 있었다.

"꾸우울……!"

"크, 크르……!"

그리고 민혁은 의아한 표정을 지었다.

'뭐지?'

콩이는 말도 안 되는 엄청난 방어력을 가졌다. 어떻게 보면, 앞의 조개 골렘도 넘을 정도의 방어력이다. 때문에 버텨낼 수 있었던 것.

한데, 더 의아한 것은 지금 조개 골렘이 주춤하고 있다는 거다.

'두려워한다? 콩이를……?'

이해할 수 없는 일.

하지만 곧 조개 골렘은 주춤주춤 뒤로 움직이다가 다시 공격을 준비했다.

"꿀!"

콩이의 신호.

민혁은 단숨에 알아차렸다. 콩이가 놈의 공격을 막을 테니, 민혁에게 공격하라고 한 것이다!

수우우웅!

콩이가 빠른 속도로 놈을 향해 날아갔다.

"크워어어어!"

조개 골렘이 소리를 지르며 민혁을 향해 주먹을 날렸다.

콰앙!

콩이의 작은 몸에 놈의 주먹이 직격했지만 녀석은 버텨냈다.

민혁은 그 틈을 타 빠르게 스텝을 이용해 거리를 좁혔다.

'분노하는 검은 이제 곧이다……!'

쾅쾅쾅쾅! 콰아앙!

"꾸울!"

그 순간, 직격당한 콩이가 뒤로 밀려났다. 녀석도 지쳤는지, 거친 숨을 몰아쉬는 게 보였다.

민혁은 스텝으로 거리를 좁히며 무형검으로 조개 골렘을 공격했다.

[치명타가 터졌습니다.]

푸지이익! 푸화아아아악!

그 순간 놈의 단단해 보였던 한쪽 손목이 잘려 나갔다.

"크아아아!"

분노한 놈이 무차별적으로 남은 한쪽 팔을 휘두른다.

쾅쾅쾅쾅!

그때마다 막아내던 콩이가 신음을 토해냈다.

"꾸우울······!"

[콩이의 HP가 20% 미만으로 떨어집니다.]

그나마 다행스러운 일은, 펫의 경우 사망 시에도 24시간 소환 불가라는 리스크를 감수하면 재소환할 수 있다는 거다.

콰아아앙!

그 순간, 콩이가 놈의 강력한 주먹에 맞고 바닥을 뒹굴었다.

데구르르-

"꾸우울······!"

바닥을 구른 콩이가 일어서지 못하고 힘겨워했다.

그런 콩이를 놈이 또 한 번 걷어찼다.

"꾸우울······!"

콩이가 뒤로 날아가 벽에 박혔다.

그 순간, 조개 골렘의 발끝에 이질적인 흙빛이 감돌았다.

[패럴라이즈]
[상대방의 몸이 2초 동안 마비됩니다.]

헤파스의 양은 냄비에 붙어 있는 특수 효과 패럴라이즈. 바로 2초 동안 몸을 완전히 마비시키는 힘이었다.

민혁은 위기의 순간에 기회를 잡았다 생각했다. 그리고 스텝을 이용해 최대한 놈과 가깝게 밀착했다.

[분노하는 검]

강력한 힘이 맺힌 검. 그 검의 끝이 놈의 급소를 향해 찔러진다. 그리고 방어력을 무시하는 무형검이 놈의 가슴에 정확히 파고들었다.

푸드드드득!

"크러어?"

놈이 찰나의 비명을 질렀고 민혁은 작게 웃음 지었다.

"조개구이, 가즈아아아!"

콰아아아아아앙!

응축된 강력한 분노하는 검의 힘이 놈의 가슴 속에서 폭발하였다.

"크와아아아아아!"

가슴이 뻥 뚫린 놈이 비틀거리며 뒤로 물러선다. 그리고 놈의 몸이 꾸물꾸물 움직이기 시작했다.

'서, 설마 재생?'

재생이라면 이길 수 없는 싸움이 된다.

하지만 다행스럽게도 재생은 아닌 듯 놈의 몸이 커다랗게 부풀어 올랐다.

'이게 본래의 모습……?'

민혁은 커다래진 녀석의 모습이 밴에게 들었던 그 모습과 똑 닮았다는 사실을 알 수 있었다.

곧이어 놈의 입이 아까와 같이 엄청난 크기로 거대해졌다.

민혁과 콩이가 긴장했다.

그리고 그 순간.

"쿠웨에에에에엑!"

놈의 입에서 물고기들과 쓰레기, 다양한 것들이 끊임없이 쏟아져 나오기 시작했다.

"이크!"

민혁은 순간적으로 번쩍 뛰어올라 천장의 돌을 잡았다.

쉴 새 없이 쏟아지는 것들. 그 틈에는 우습게도 간혹 아티팩트로 추정되는 것들도 보였다.

'아티팩트도 먹은 건가?'

하긴, 놈은 바다의 많은 것을 먹었다고 하니, 그럴 수 있겠다 싶었다.

어느덧 조개 골렘은 모든 것을 토해낸 듯 우르르르 무너져 내렸다.

[레벨업 하셨습니다.]

[레벨업…….]

민혁은 끊임없이 들리는 알림을 들었다.

자그마치 23 레벨업! 그리고 보면 녀석을 사냥하면 경험치와 아이템을 2배로 드랍한다고 했었다. 그 이유가 이 동굴에 들어와서일까?

아니다. 분노한 조개 골렘이 말 그대로 본래의 조개 골렘보다 2배를 주는 것이라고 볼 수 있을 것이다.

민혁은 서둘러 내려가 재료습득 스킬을 이용해 조개들을 습득했다.

[전복을 획득합니다.]

[가리비를 획득합니다.]

[홍합을 획득합니다.]

[바지락을 획득합니다.]

[대합을 획득합니다.]

[키조개를…….]

"캬!"

민혁은 흡족한 표정을 지었다. 그리고 조개 골렘이 떨어뜨린 아티팩트를 줍기 시작했다.

[31,523,151골드를 획득합니다.]

[로베스의 반지를 획득합니다.]

[조개 골렘의 단단한 껍질을 획득합니다.]

[바르다의 검을 획득합니다.]

[키밀의 갑옷을 획득합니다.]

[상어의 검날을 획득…….]

그렇게 획득하던 중, 민혁은 한 가지에서 멈칫했다.

'저, 저건……?'

그건 굴이 분명했다.

날로 먹어도 맛있고 전으로 해도 맛있으며 굴김치를 해도 맛있는 굴! 바로 그 굴이었다.

물론, 민혁이 조개 골렘을 잡고 습득한 것에도 일반적인 굴이 있었다. 하지만 이 녀석은 척 보기에도 범상치 않아 보이는 빛깔이었다. 굴 껍데기는 보통 꺼칠꺼칠하고 투박한 색을 가지는데, 이 굴은 그 색이 완전한 하얀색이었다.

민혁은 단숨에 주웠다.

[정화의 굴을 획득합니다.]

민혁은 지체하지 않고 단숨에 확인해 봤다.

(정화의 굴)

재료 등급: 명약

특수 능력:

- 신성력+100

- 마법 방어력+100

설명: 오랜 시간 동안 바닷속 깊은 곳에 존재하던 포식자는 이 정화의 굴을 품고 있었다. 정화의 굴은 조개 골렘의 몸에서 그의 힘을 받아 천천히 수십 년의 시간 동안 자라났고 아주 맛이 좋다.

"캬!"

뜻밖의 행운에 민혁은 감탄사를 터뜨렸다.

세상에 단 하나밖에 없는 정화의 굴! 이 녀석을 어떻게 먹을까? 뜨끈뜨끈 굴전을 해 먹을까? 아니면 시원한 국물의 굴국밥? 또는 굴김치? 뭐든 맛있을 거다.

하지만 하나만 있는 이 녀석! 이 녀석은 그저 날 것에 마늘, 매운 고추, 초장을 얹고 날름 먹는 게 맛있을 것 같았다.

민혁은 정화의 굴을 프라이팬 위로 올렸다.

생굴은 시원하면 더 맛있지 않던가.

[프라이팬이 재료를 인지합니다.]

[1클래스. 아이스를 추천합니다.]

[사용하시겠습니까?]

프라이팬을 활용하면, 그 요리에 따른 가장 적절한 온도에서 요리를 할 수 있다.

아직 껍데기를 열지 않은 굴.

쩌저저적-

프라이팬에 서리가 생겨나더니 이윽고 적정한 온도에서 서리가 다시 사르르르 사라졌다.

민혁은 서둘러 정화의 굴의 입을 열었다. 그러자 그 안에 뽀얀 속살의 굴이 보였다.

"와⋯⋯."

꿀꺽-

침이 절로 넘어갔다.

그때.

"꿀!"

콩이가 뾰로통한 표정을 지으며 배를 내밀었다.

오늘 고생한 콩이.

'내 비상식량이지만 오늘은 정말 멋졌지⋯⋯!'

민혁은 조개 골렘에게서 얻은 또 다른 굴을 꺼냈다. 그리고 그 녀석도 깠다.

"꿀!"

콩이가 기대된다는 듯 침을 꿀꺽 삼켰다.

민혁은 자신의 굴 위로 마늘, 초장을 얹었다.

하지만 취향이 확고한 콩이는 간장 고추냉이를 원하는 듯, 그가 간장과 고추냉이를 꺼내자 맹렬히 고개를 끄덕였다.

곧이어 민혁이 정화의 굴을 입으로 가져갔다.

입으로 넣는 순간.

"와……."

바다의 향이 물씬 풍긴다.

정말 놀라운 일! 민혁은 껍질을 내려다봤다.

"하나도 안 비려……!"

비린 맛이 하나도 없었다.

입에 넣고 씹자 굴과 초장, 마늘, 약간 매운 고추가 만나 입안을 즐겁게 해준다.

콩이도 맛있는 듯 눈을 감고 음미까지 하며 몸을 부르르 떨었다.

"꾸우울……!"

[콩이가 행복해합니다.]

감탄한 민혁은 전율했다.

그와 함께 알림이 들렸다.

[마늘, 매운 고추, 초장을 얹은 정화의 굴을 드셨습니다.]
[식신의 위대함.]

[명약 페널티를 무시합니다. 단, 이는 여러 명이 효과를 볼 수 없습니다.]

[명약 요리. 추가 스텟을 획득합니다.]

[신성력 111을 획득하고, 마법 방어력 108이 상승합니다.]

[언데드 몬스터에게 5% 추가 대미지를 입힐 수 있습니다.]

벌써 민혁의 신성력이 자그마치 600 가까이에 이르렀다. 그러고 보면 판도라의 투구의 경우 신성력의 힘을 2배 내게 해주지 않던가.

하지만 그것은 민혁에게 뒷전이었다. 그는 하나밖에 먹지 못한 정화의 굴에 아쉬움을 느꼈다.

'이따가 굴전이랑도 해 먹어야징~'

다행히도 정화의 굴만큼 맛있진 않았지만 넉넉한 양의 굴이 민혁에겐 있었다.

민혁은 조개구이를 먹을 자리를 물색하기 시작했다.

동굴 안이 생각보다 넓어서 여기저기 돌아다니던 중, 그는 들려오는 바닷소리를 들을 수 있었다.

쏴아아아아아!

민혁은 천천히 걸음을 옮겼다. 그리고 이어 눈을 크게 떴다.

"와, 바다 안의 또 다른 바다라……"

말 그대로였다.

이곳은 바다. 한데, 이 동굴만은 물이 아예 없다. 그리고 이곳에 올라왔을 때, 파도를 치는 바다가 보인다. 신비하고 놀라운 광경. 그 파도를 치는 광경을 보며 조개구이를 먹으면?

"크! 콩아, 우리 빨리……!"

민혁이 콩이를 향해 고개를 돌렸다. 그러다 놀랐다.

"응?"

콩이가 앞쪽 바다가 보이는 곳으로 빠르게 내려갔다. 그 밑을 내려다보자 땅을 디딜 수 있는 육지가 있었다.

"어……?"

민혁은 콩이를 쫓아 서둘러 움직였다.

"콩아?"

녀석은 빠른 속도로 코를 쿵쿵거리며 어딘가로 빠르게 이동하고 있었다.

'뭐지, 설마……!'

콩이에겐 명약을 찾아내는 놀라운 힘이 있지 않던가?

곧이어 콩이가 아주 작고 작은 틈 사이를 보며 멈췄다.

"꿀!"

민혁이 서둘러 걸음을 옮겼다. 그리고 그 안에 있는 정체 모를 것을 봤다.

그것은 얼핏 보면 아주 작은 크기였다. 또한, 푹 익혀진 순대의 간 같았다.

손을 뻗어 잡는 순간. 알림이 울렸다.

[토끼의 간]

[숨겨진 고유의 능력이 봉인되어 있습니다.]

[요리 재료 감정 스킬을 이용하여 봉인된 능력을 확인할 수 있습니다.]

"……어?"

민혁은 고개를 갸웃거릴 수밖에 없었다.

알림과 함께 민혁의 손이 토끼의 간이라는 것을 잡는 순간, 미약한 붉은빛이 감돌다가 순식간에 사라졌다.

민혁은 일단은 확인해 봤다.

(토끼의 간)

재료 등급: A

특수 능력:

· 상태 이상 저항력+5

· 지혜+5

설명: 토끼가 숨겨놓은 토끼의 간이다. 먹으면 순대의 간 맛이 날 것이며 훨씬 더 맛있다.

"헐?"

민혁은 감탄했다.

순대의 간 맛이 난다니!

얇게 썰린 간은 다소 퍽퍽하지만, 맛이 있는 녀석이다. 그리고 소금에 찍어 먹거나 떡볶이 국물에 찍어 먹어도 최고라는 것. 그런데, 더 맛있다?

'잠깐, 요리 재료 감정을 하면 더 맛있어지는 거 아니야?'

민혁은 침을 꼴딱하고 삼켰다.

요리 재료 감정 스킬은 사용하면 기본 스텟이 3만큼 소멸하고. MP를 1,000이나 소모하는 페널티가 있는 스킬이다.

하지만 맛있는 토끼의 간 앞에서 그 페널티는 민혁에겐 아무것도 아니었다.

"요리 재료 감정."

[요리 재료를 감정합니다.]
[페널티에 따라 모든 스텟이 3 소멸합니다.]

이윽고 민혁의 손에서 하얀빛이 뿜어졌다.

토끼의 간에 스며든 그 빛은 천천히 그 간이 조금 더 커지게 만들어냈다.

'캬! 간이 더 커진다. 더 많이 먹을 수 있겠어!'

감탄하던 중 알림이 들렸다.

[요리 재료를 감정하셨습니다.]
[토끼의 간의 봉인된 고유 능력을 확인할 수 있습니다.]

민혁은 곧바로 확인해 봤다.

(로베스의 바다의 보물)

재료 등급: 신이 내린 명약

특수 능력:

- 상태 이상 저항력+200

- 지혜+100

- 신성력+400

- 신성력에 따라 언데드 몬스터에 대한 방어력 상승

설명: 바다의 신 로베스가 토끼의 간에 숨겨놓은 뛰어난 보물이다. 신성력을 가득 머금은 이 보물은 이전의 토끼의 간보다 훨씬 더 맛있어졌다.

민혁은 눈을 크게 떴다.

가장 놀란 부분은 다름 아닌, 바로 재료 부분이었다.

'신이 내린…… 명약……? 이런 등급의 명약이 있던가?'

민혁이 고개를 갸웃하다가 아차 했다. 저번에 지니, 로크, 칸과 현실에서 만났을 때의 업데이트 내용을 떠올린 것이다.

북부 대륙에선 이제까지 얻지 못했던 등급의 새로운 형식의 명약 또한 찾아볼 수 있다고 하였다. 그것이 바로 이 로베스의 바다의 보물이 분명해 보였다.

또한, 그 능력들도 호락호락하지 않은 것 같았다.

특히나 가장 놀라운 부분은 바로 마지막이었다. 신성력에 따라 언데드 몬스터에 대한 방어력이 상승한다니!

현재 민혁은 언데드를 공격할 시에 30%의 추가 공격력을 발휘한다. 거기에 판도라의 투구 능력으로 신성력이 2배가 되면 총 60%의 추가 공격력을 발휘한다.

그런데 이처럼 언데드 몬스터에 대한 방어력 특혜가 생기는 거다. 즉, 언데드에게 공격당할 시에 방어력이 60% 상승하게 되는 것이라고 볼 수 있다. 그리고 결정적으로.

'더 맛있어졌다니, 흐하하!'

민혁은 흡족한 미소를 지어 보였다. 그러다 생각해 냈다.

'근데 토끼의 간이 있는 걸 보면……'

전래 동화 토끼의 간이 생각났다.

자라의 거짓말에 속아 용궁으로 간 토끼는 자신이 간을 빼놓고 다닌다고 꾀를 내어 말하여 용궁에서 도망친다.

혹시 아테네선 진짜 토끼가 간을 빼놓는 설정일까?

민혁은 이거 먹어도 되는지에 관한 생각이 0.1초 들었다가 고개를 저었다.

'그 토끼가 나쁜 녀석인지 아닌지 내가 어떻게 알아?'

그리고 고개를 끄덕였다.

"가자, 콩아! 조개구이 먹으러!"

"꾸·울!"

둘이 신나게 뛰어갔다.

민혁은 흐뭇한 표정으로 세팅이 완료된 주변을 둘러봤다.

쏴아아아아-

파도가 물결치며 내는 시원한 바다 소리가 들린다.

구멍이 뻥뻥 뚫린 불판과 그 밑에서 뜨거운 열기를 피워내는 연탄불. 불판의 가운데로는 네모난 그릇 형태의 은박지 안에 민혁이 만들어낸 붉은빛 특제 소스가 점차 끓어오르려는 기미를 보였다.

그리고 그 옆으로 일렬로 나열되어 있는 녀석들. 바로 조개구이와 함께라면 최고라고 할 수 있는 대하구이였다. 대하구이 위로는 굵은 소금들이 솔솔 뿌려져 있었다.

"히야…… 색깔 변하는 것 봐."

투명한 빛을 띠던 대하가 한눈에 보기에도 실해 보이는 붉은빛으로 변해가며 익기 시작한다.

반대편에는 잿빛을 띤 하얀 껍질의 개조개가 서서히 입을 벌리기 시작했다. 그 옆으로 나열된 껍질을 반으로 뚝 가른 길쭉하고 커다란 모양의 키조개와 가리비, 전복까지.

민혁은 양손에 비닐장갑 하나씩을 끼고 그 위로 목장갑 두 개씩을 겹겹이 꼈다.

"콩아, 형이 까줄게."

"꿀!"

기대감 어린 표정의 콩이를 보며 민혁은 속으로 짙게 웃었다.

'흐흐, 고기도 굽는 사람이 가장 많이 먹는 법.'

그가 직접 까주는 건, 콩이를 위한 배려가 아닌 자신이 더 많이 먹기 위함이었던 것!

민혁이 개조개를 들어 올려 힘을 주어 벌렸다.

쩌적-

"와……."

"꿀……!"

개조개가 열리자마자 수증기가 모락모락 피어올랐다. 그 안에 들어 있는 오동통한 조갯살과 주변의 하얀 국물들!

민혁은 잘 익은 조개들을 모조리 까냈다. 그러고는 개조개의 조갯살을 젓가락으로 들어 올렸다.

시작은 역시 그냥 먹어본다.

"와……."

씹자마자 감탄이 나왔다.

조갯살에서 흘러나온 국물이 입안 가득 퍼져 나갔다. 또한, 씹을 때마다 조갯살이 입에서 부드럽게 씹힌다.

그다음은 가운데에서 부글부글 끓기 시작한 붉은빛 양념!

이 양념장 안에는 갖은 채소를 비롯한 치즈와 버터, 초장이 듬뿍 들어가 있다.

그 안에 조갯살을 집어넣어 들어 올리자 치즈가 가득 묻어났다. 그리고 입안에 가져다 씹자 초장과 치즈의 맛이 느껴지며 조갯살의 느끼한 맛을 잡아준다.

이번엔 키조개다. 키조개는 조갯살이 컸기에 가위로 싹둑싹둑 잘라냈다.

잘 잘린 키조개의 살을 들어 올려 이번엔 초장에 쿡 찍어 먹어본다. 쫄깃쫄깃하다. 입안 가득 퍼지는 초장의 새콤달콤한 맛이 감칠맛을 더해준다.

"히야……"

그다음엔 조개의 황제라고 할 수 있는 전복.

잘 익은 전복을 가위로 잘라낸 후에 역시 초장에 찍어 입으로 가져갔다.

전복은 씹을 때 다른 조개들보다 훨씬 더 쫄깃쫄깃하며 씹는 맛이 있는 녀석이다.

그리고 가리비. 가리비는 민혁이 그 위로 치즈와 버터를 조각내어 함께 뿌렸다. 하얀 치즈가 가리비의 속살을 뒤덮었다. 치즈의 고소한 향과 가리비의 바다 내음에 침이 넘어갔다.

평평한 가리비를 앞접시처럼 들어 올려 입에 밀어 넣는다. 쫀득쫀득한 치즈와 함께 만난 가리비가 입안 가득 즐거움을 준다.

이제 어느 정도 느끼해질 때쯤에 뭘 해주냐?

조개탕을 먹어준다. 조개탕 안에는 홍합과 바지락, 개조개 등 다양하게 들어 있었다.

숟가락을 가져다가 하얀 그 국물을 후루룹 먹어본다.

"크! 시원하다, 시원해. 콩아 한번 먹어봐. 느끼한 맛이 확 가서!"

"꾸울!"

콩이도 한입 먹어보고 감탄을 터뜨렸다.

민혁은 젓가락으로 다 익은 조갯살 중 일부를 가운데에서 끓는 붉은 양념 안에 투척했다. 붉은 양념이 조갯살에 잘 배일 것이다.

그 틈에는 콘치즈를 먹어준다.

옥수수를 하얗게 뒤덮은 치즈! 숟가락으로 가져가 푸자, 치즈가 쭈우욱- 늘어났다.

입으로 가져다 우물우물 씹자 옥수수가 입안에서 톡톡 터지며 달콤한 맛이 났다.

그렇게 몇 번을 떠먹어 준 후에 어느덧 다 익어버린 대하의 껍질을 깠다. 머리부터 딴 후에 다리 쪽을 이용해 노련하게 까내는 민혁은 과연 먹을 줄 아는 자였다.

잘 까진 대하를 초장에 쿡 찍었다. 그리고 입으로 가져갔다.

씹는 순간 오동통한 대하의 맛이 느껴진다. 굵은 소금에 의해 적당히 간이 잘 배인 대하는 씹을 때마다 고소한 맛이 났다.

그렇게 민혁과 콩이는 조개구이를 맛있게 먹어치웠다.

그 후에 민혁은 후식을 요리했다. 바로 떡볶이와 토끼의 간, 아니, 로베스의 보물이었다.

"콩아, 이것 봐. 네 거가 더 많아. 오늘 고생했으니까, 콩이가 많은 거 먹어."

"꾸우울⋯⋯."

콩이는 민혁이 자신의 앞에 따로 간이 가득 담긴 접시를 내려주자 고마움에 눈물까지 글썽거렸다.

[콩이가 감동합니다.]

'흐흐흐⋯⋯! 계획이 성공했군.'

하지만 이것은 민혁의 사기 행각!

로베스의 보물을 요리하는 척하면서 민혁은 일반 돼지의 간도 함께했다. 그리고 일반 돼지의 간만 콩이 앞에 놔준 것.

'흐흐⋯⋯! 로베스의 보물은 더 맛있다고 했지.'

민혁은 로베스의 보물을 소금에 콕콕 찍었다. 그다음 입에 가져가자 짭조름한 소금의 맛과 다소 퍽퍽하지만 부드럽게 씹히는 간에 감탄이 나왔다.

"와, 비린 맛이 하나도 없네?"

"꾸울!"

그리고 꼼짝없이 속아 넘어간 콩이는 자신의 접시 위의 간을 먹고 있었다.

이번엔 떡볶이 국물에 간을 푹 찍었다. 그다음 입으로 가져다가 먹었다.

"크흐, 역시 간은 떡볶이 국물이지."

감탄사를 터뜨리며 순식간에 비워내자 알림이 들린다.

[식신의 위대함]

[로베스의 바다의 보물을 다양한 방법으로 드셨습니다.]

[명약 페널티를 무시합니다. 단, 이는 여러 명이 효과를 볼 수 없습니다.]

[명약 요리. 추가 스텟을 획득합니다.]

[신성력 434, 지혜 121을 획득합니다.]

[언데드 몬스터에게 20% 추가 대미지를 입힐 수 있습니다.]

[언데드 몬스터에 대한 방어력이 공격력과 동일하게 적용됩니다.]

[언데드 몬스터의 공격에 대한 방어력이 50% 상승합니다.]

모든 음식을 먹어치운 그는 콩이와 함께 나가기 위해 걸음을 옮겼다.

그러던 중, 민혁은 고개를 갸웃거릴 수밖에 없었다. 나오자뱅이 고개를 파묻고 엉엉 울고 있었기 때문이다.

"나 때문에 그 요리사 청년이 죽어버렸어, 크흐흐흑!"

그 모습에 민혁은 갑자기 가슴이 찡해졌다. 자신을 이토록 걱정해 주는 이가 있다는 것에.

"그러길래, 들어가지 말라니까. 크흐흑, 허접한 요리사가 뭘 그렇게 자신만만한 거야!"

'허, 허접은 아닌데……!'

"그렇게 허접한! 요리사가! 도대체! 뭘! 믿고! 크흐흑!"

민혁은 말문을 잃었다.

졸지에 허접한 사람이 되어버린 민혁이 그를 불렀다.

"저 밴 어르신……."

"……히이이익!"

곧이어 민혁의 목소리에 밴이 경악한 듯 뒤로 자빠졌다.

"자, 자네 어떻게……?"

"제가 어르신을 대신해 조개 골렘을 처리했습니다."

그 말에 밴의 눈이 휘둥그레 커졌다.

'조, 조개 골렘을……?'

심지어 그는 몰랐지만, 민혁이 상대한 녀석은 자그마치 평소보다 2배는 강한 녀석이었다.

"호, 혹시…… 동굴 안에 회중시계…… 같은 거 없었나……?"

그러고 보면 자신이 획득한 것 중에 '녹슨 회중시계'라는 게 존재했다.

민혁이 건네자 밴이 부르르 떨며 그것을 받아 들었다.

"이것은…… 내가 어렸을 때 아들에게 선물해 준 것이라네."

그리고 잠시 그것을 가슴에 끌어안고 눈을 감았다.

밴이 입을 열기 시작했다.

"아들을 잃었을 때 가장 중요한 게 힘이 아니라는 걸 깨달았네, 한데, 잃고서야 깨달으면 뭐 하겠나? 가장 소중한 것을 잃었는데. 이제 내겐 사실 아무것도 남지 않았네."

천천히 눈을 뜬 그가 작게 미소 지었다.

"자네에게 무언가를 해주고 싶다네, 한데, 지금의 난 가진 게 없어."

그의 말이 끝난 순간, 민혁은 연계 퀘스트 완료 알림을 들었다. 물음표로 되어 있던 보상. 그것은 무엇일까?

곧 밴이 충격적인 말을 했다.

"나 귀신창 밴은 지금부터 아테네 신께 약속하지, 앞으로 자네의 손과 발이 되어 영원히 자네만을 따르겠노라는 걸."

"……!"

그 말을 듣고 민혁은 눈을 크게 뜨며 몸을 부들부들 떨었다.

'이, 이럴 수가……!'

그는 충격적인 보상 때문에 놀랐다. 그리고 이 보상이 썩 마음에 들진 않았다.

그 이유는 하나였다.

'입이 하나 더 생긴다고……?'

[귀신창 밴이 민혁 유저에게 종속을 제안합니다.]

이민화와 박 팀장. 두 사람이 다소 심각한 표정으로 모니터를 보고 있었다.

"원래는 귀신창 밴이 딱 2주일 동안 동행하는 게 보상 아니었나요?"

"……그렇지."

물음표로 되어 있는 보상이어도 어느 정도 정해져 있다. 하지만 물음표로 되어 있다는 것은 운영자들이 예측할 수 없게 보상이 변경될 가능성도 있다는 거였다.

원래대로라면 황금 연어를 이용해 조개 골렘을 끌어낸 후 밴이 사냥했어야 맞았다. 그런데, 민혁은 스스로 녀석을 사냥하기까지 했다. 밴과의 친밀도는 최고치를 찍을 수밖에 없는 일.

"그 2주일의 보상도 엄청난 건데……."

귀신창 밴과 2주일을 함께한다?

그는 과거의 극강팔인이었다. 물론 비공식 랭커 또는 세계로 나간다면 여덟 번째의 극강팔인이었던 그보다 강한 랭커들은 분명히 존재한다. 하지만 0.001%가 될까 말까 한 아주 희박한 숫자다.

즉, 2주라는 시간 동안이지만 귀신창 밴을 통해 이제까지 갈 수 없었던 고렙 사냥터로 가서 버스를 탈 수도 있고, 그곳에서 엄청난 아티팩트를 얻을 수도 있다. 말 그대로 돈으로도 살 수 없는 가치인 셈.

하지만 귀신창 밴은 민혁에게 종속을 원했다.

그때, 모니터 속의 민혁 유저가 부들부들 몸을 떨었다.

"너무 기뻐서 그러나?"

"하긴, 이 보상은 너무 파격적이니까요."

이어 모니터 속 안의 민혁이 움직였다.

그는 천천히 몸을 낮췄다. 그리고 밴의 손을 잡고 진지한 표정으로 말했다.

[어르신의 마음 다 이해합니다. 하지만 괜찮습니다. 이제까지 하셨던 고생도 있으니 인제 그만 모든 것을 내려놓고 어르신의 남은 인생을 사세요.]

"엥?"

"컥!"

이민화와 박 팀장의 시선이 마주쳤다.

그의 말에 밴이 그의 말에 감격하여 말했다.

[아닐세. 난 영원히 자네만을 위해 살아갈 것이고, 자네만을 위해 뭐든 할 거야!]

[아닙니다. 어르신. 저는 펴어어엉생 잊으시고 아주아주 행복하게 사세요!]

[아, 아니…… 자네랑 영원할 거라니까? 목숨도 바칠 거네!]

[아이참, 어르신! 행복한 인생 사시라고요!]

[이게 내 행복일세!]

[가요!]

[안 가!]

[가!]

[안 가!]

곧이어 이민화가 모니터를 보며 감격한 표정을 지었다.

"민혁 유저…… 정말 마음씨가 따뜻한 사람 같아요."

"그, 그러게……."

박 팀장도 머리를 긁적거렸다.

세상에! NPC에게 저렇게 따뜻한 마음을 보이는 유저는 처음 보는 그들이었다.

민혁은 진심으로(?) 밴이 여생을 행복하게 살았으면 하는 마음 같아 보였다. 그러니, 저렇게 극강팔인이었던 그를 거부하는 것 아니겠는가!

"……정말 멋진 사람이야."

민혁은 미치고 팔짝 뛸 노릇이었다.

'아니, 이 할배가?'

그는 벌떡 몸을 일으키더니, 민혁의 곁을 떠날 수 없다는 듯 착 붙어서 팔을 붙잡았다.

"시키는 건 뭐든 하겠네, 자네의 검이 되라면 검이 되고 방패가 되라면 방패가 되지!"

그 말에 민혁은 곰곰이 생각했다.

이거 밴이 절대로 가지 않을 것 같았다. 엄청난 낭패였다.

그러다 민혁은 아차 했다.

'가신이라는 게 있지?'

작위 및 영토를 하사받게 되면 길드 내에서 가신을 부릴 수 있게 된다.

'밴 노인에게 영토 운영을 시키는 거야……!'

하지만 그동안은 뭘 해야 하느냐?

그러고 보면 밴은 민혁의 잔소리(?)에 숙련되어 커피를 참 잘 타게 되었다. 그래, 데리고 다니는 동안은 커피를 타게 하는 거다. 또 영지로 돌아갈 때마다 민혁은 한 잔의 티타임이 절실할 것이다. 그렇다면?

'밴 어르신한테 바리스타가 되라고 해야겠어.'

민혁은 아주아주 훌륭한 계획이라고 생각했다.

"뭐든 한다고요?"

"그래!"

밴이 고개를 끄덕이며 눈을 초롱초롱 빛냈다.

"그럼 커피 타주시죠. 어찌 밴 어르신한테 몬스터 사냥 같은

험한(?) 일을 시키겠나요. 편안하게~ 아주 편안하게, 커피 타주세요~!"

"……."

그 말을 들은 순간, 밴은 멍해졌다.

'나, 나 귀신창 밴인데……?'

그 말이 목구멍 끝까지 차올랐다.

그리고 아까의 악몽을 떠올렸다. 커피 200잔을 앉은 자리에서 타봐라! 그것만큼 곤욕인 일도 없다.

"싫으신가요?"

"아, 아닐세……!"

하지만 밴은 고개를 끄덕였다.

'내 아들 같은 이 녀석 입에 먹을 것 하나라도 넣어주는 게얼마나 행복한 일인가!'

커피를 타주며 힘들었지만, 밴은 나름 그가 마시며 좋아하는 것에 흐뭇했었다.

그렇게 밴이 민혁의 직속 커피 타주는 바리스타로 노예 계약이 체결된 순간이었다.

[밴이 당신에게 영원한 충성을 맹세합니다.]

[2주 동안만 귀신창 밴을 부릴 수 있습니다.]

[귀신창 밴을 완전히 귀속시키기 위해선 자작 이상의 작위가필요합니다.]

[귀신창 밴에게 스킬 '민혁 바라기'가 생성됩니다.]

그리고 들린 알림에 민혁은 아차 싶었다.

귀족이 아닌데, NPC를 수하로 두고 있는 이들이 아예 없는 건 아니었다. 하지만 그러한 NPC 대부분이 본래 유저와의 레벨의 격차가 약 100 정도 미만인 NPC들이다.

'맞아, 자신보다 레벨이 높은 NPC를 부리기 위해서, 또는 특별한 NPC는 귀족 작위가 필요하다고 했어.'

그리고 남작 바로 위인 자작은 생각보다 영향력 있는 귀족이라고 할 수 있을 것이다. 실제로 자작 작위를 받은 유저는 세계에서도 손에 꼽힌다.

그러다가 문득 생각이 났다.

'……지니가 귓속말로 귀족 어쩌고 했었는데?'

그때 당시에 민혁은 낚시꾼으로 열심히 낚아 올리는 재미에 취해 확인하지 못하고 있었다.

민혁은 지니의 귓속말 창을 올려봤다.

그녀는 민혁에게 귀족이 될 생각이 없냐고 물어봤다. 그에 대한 이유도 설명했다.

하지만 지니는 참 고마운 친구였다.

[지니: ……굳이 안 해도 돼, 강요하는 건 아니야. 난 너의 먹자 인생을 응원하니까!]

작위를 받으면 민혁 먹자 인생에 걸림돌이 될지도 모른다 생각한 것.

하지만 곰곰이 생각해 보면 민혁에게 이득밖에 없었다.

'영토의 사람들은 때때로 귀족을 위해 곡식도 바치지 않는가!'

생각을 마친 민혁은 고개를 끄덕이며 지니에게 귓속말을 보냈다.

[민혁: 알았어, 그럼 내가 작위 받을게, 참 커피를 기막히게 탈 어르신도 가신으로 얻은 것 같아.]

[지니: 지니 님이 로그아웃 중이십니다.]

"흠……."

민혁은 고개를 끄덕였다.

'뭐, 나중에 들어오면 보겠지.'

민혁은 그러면서 밴에게서 얻은 '민혁 바라기'가 무엇인지 궁금해 그의 상태창을 열람했다.

(밴)

등급: 과거의 극강팔인

종류: 임시 부하 / 레벨: 509

공격력: 4,959 / 방어력: 2,683

특수 능력:

- 패시브 스킬 민혁 바라기
- 엑티브 스킬 귀신창술
- 엑티브 스킬 귀신방어술

잠재력: 137

경험치: 13%/100%

(민혁 바라기)

패시브 스킬

레벨· 없음

효과:

- 주인 민혁과 반경 10m 내에 있을 시 모든 능력치 10% 상승.
- 민혁에게 진심으로 칭찬을 받을 시 일시적으로 기분이 좋아진다.
- 오로지 주인 민혁만을 섬기며 그를 따르려는 강철 같은 정신력을 지닌다.
- 민혁 사랑한다, 민혁 너무 좋다.

"……."

민혁은 스킬을 황당하단 표정으로 바라봤다.

펫 혹은 신하와의 친밀도를 극도로 끌어올리면 가끔 이처럼 스킬이 생성된다고 알고 있다. 하지만 모든 NPC나 펫이

가능한 건 아니다. 특수한 자여야 했다.

'그래도 레벨이 높으니…….'

민혁은 고개를 끄덕였다.

레벨이 높다. 또 콩이만큼은 아니지만, 잠재력이 높다.

'커피를 빠르게 잘 타겠군, 크!'

잠재력이 높은 이들은 보통 배우는 것도 금방금방 익히는 편이기 때문이다.

민혁은 꽤 기뻐했다가 아차 했다.

"참, 근데 토끼의 간이라고 아시나요?"

"토끼의 간?"

"네, 아주아주 맛있던데, 혹시 아시면 더 찾아서 먹으려고 요. 동굴 안에 다른 입구로 보이는 곳에 숨겨져 있던데."

"미안하지만 처음 들어본다네."

그들이 토끼의 간에 관한 이야기를 하고 있을 때였다. 정체 모를 존재 하나가 슬그머니 접근했다.

그는 다름 아닌, 이족 보행의 자라였다.

1시간 전. 자라 인간 라든, 아니, 정확하게는 라든의 몸에 들어가 있는 존재 라우펠은 대마도사 아필드의 명령을 받고 물 위로 나가 이방인들을 섭외하려 했다.

문제는 아직 용왕의 바다 인근에 도달한 이방인이 없다는 사실. 때문에 제빗이 들어갔다는 그 동굴 안에 들어갈 방법이 없었다.

'제빗이란 토끼는 설마 포식자에게 잡아먹힌 건가?'

라우펠도, 대마도사 아필드도 모든 것을 아는 건 아니다. 영혼 교환술을 통해 그들의 몸에 들어온 것일 뿐. 몸 주인의 생각을 읽진 못한다. 그래서 용궁 내의 모든 것을 알지 못하고 있다. 그저 들었을 뿐.

'캬리가 의심을 시작한 것 같기도 하던데……'

용왕의 첫 번째 아이 캬리를 떠올리며 라우펠은 미간을 찌푸렸다가 고개를 저었다. 지금 자신이 생각해야 할 건, 오로지 토끼의 간뿐.

'바다의 포식자한테 만약 제빗이 먹혔다면……'

포식자의 몸 안에서 간만 빼내야 할 것이었다.

방법은 있다. 대마도사 아필드 님께선 상상도 할 수 없는 흑마법을 부린다. 그 배를 갈라, 그 안의 간 따위야 식은 죽 먹기로 꺼낼 수 있다.

단, 놈을 생포해서 아필드 님 앞으로 데려가야 했다. 흑마법은 보통 살아 있거나 혹은 죽은 지 얼마 안 되었을 때, 최고의 힘을 발휘하니까.

그리고 그 일은 이방인들이 해야만 했는데, 현재 이방인을 구할 수 없으니 다른 방법을 사용해 보기 위해 아필드에게 보고를 올려야 할 것 같았다.

풍더엉!

육지에서 바다로 뛰어든 라든. 그가 빠른 속도로 헤엄치기 시작했다.

그러던 중.

쾅쾅쾅쾅쾅!

그는 바다를 흔드는 강력한 충격파를 느낄 수 있었다.

'이건……?'

라든의 눈이 크게 떠졌다. 이 소리는 분명 이방인만 들어갈 수 있는 포식자가 있는 동굴 쪽에서 들려왔다.

그는 바다에서 누구보다 빠른 존재였다. 꽤 먼 거리였지만 그는 단숨에 헤엄쳐 갔다.

그리고 그곳에서 엉엉 우는 노인을 발견할 수 있었다.

'이방인은 아니군.'

라든의 눈이 좁혀졌다. 그러면서도 그는 노인이 하필 '그 동굴' 앞에서 우는 이유가 궁금해 계속 그를 지켜봤다.

"자네 같은 약한 요리사가 크흐흑, 무리하더니, 기어코 이렇게 가는구만……!"

'요리사……?'

라든은 고개를 갸웃했다.

그렇게 울던 중, 시간이 좀 지나고서야 동굴 안에서 한 사내가 걸어 나왔다. 그 사내는 다름 아닌 이방인이었다.

그 라든은 두 사람의 이야기를 엿들을 수 있었다.

'호오? 저 이방인이 포식자인 조개 골렘을 사냥했다고……? 그렇다면 제빗은……?'

그러던 중, 둘이 갑자기 아웅다웅하기 시작했다.

"가요!"

"안 가!"

투박한 투구, 허름한 갑옷, 모든 게 보잘것없어 보이는 사내는 노인네를 극구 거부하고 있었다. 그리고 노인네는 제발 자신을 부양해 달라며(?) 애걸복걸하고 있다.

'하긴…… 보아하니, 힘도 하나 없어 보이는 노인네군.'

자신이라도 싫겠다. 저 노인에겐 뭐 하나 잘해 보이는 게 없지 않은가?

그렇지만 안에서 나온 사내는 요주의 인물이었다. 조개 골렘은 엄청나게 강하다고 말할 순 없었지만, 꽤 큰 힘을 가졌기 때문이다.

하지만 라든은 픽 웃었다.

'그래 봤자지.'

그는 이 육체에 들어오기 전에도 상당한 강자 축에 속했다. 한데, 지금은 용왕의 두 번째 아이의 힘을 얻었다.

용왕의 두 번째 아이 자라는 은신술과 같은 도적술과 암살에 능했는데, 사실 이방인 중 이길 자가 있을지 의문이 들 정도다. 그래서 저런 자는 단숨에 죽일 수 있을 것이다.

그러던 중, 이방인 사내가 말했다.

"참, 근데 토끼의 간이라고 아시나요?"

그 말을 듣고 라든은 눈을 크게 떴다.

"네, 아주아주 맛있던데, 혹시 아시면 더 찾아서 먹으려고요. 동굴 안에 다른 입구로 보이는 곳에 숨겨져 있던데."

'……!'

그 말을 들은 라든은 눈을 크게 떴다.

'제, 제빗……!'

그는 알 수 있었다.

제빗은 이 몸을 소유하는 자라나 혹은 캬리와 다르게 간을 빼놓을 수 있는 거였을지도 모른다!

사실 여의주나 토끼의 간을 얻는 게 '무조건 죽어야 한다'는 보장은 없었다. 아직 정확한 방법이 용궁 내에서도 알려지지 않았을 뿐이다.

또한, 제빗은 자신의 간의 힘에 대해 알고 있었을지도 모른다. 그는 유일하게 로베스 신과 소통할 수 있는 존재였으니까. 그걸 숨기고 있었던 거다.

대화 내용으로 유추해 보면 간단하게 해석할 수 있었다.

'포식자를 왜 사냥하려 한지는 모르겠지만, 전투 중에 만약을 대비해 토끼의 간을 따로 빼놓은 게 분명하군……'

그리고 청년의 말대로라면?

'저자가 토끼의 간을 먹었어……!'

저 배속에 바다의 신의 보물이 들어 있는 게 확실했다.

하지만 아직 기회는 있다. 대마도사 아필드 님께선 몬스터가 먹은 것도 복구할 수 있는 흑마법을 펼칠 수 있다.

바닷속 많은 생명체가 죽어야 할 테지만, 저 인간의 배에서 토끼의 간을 빼낼 수 있을지도 모른다.

단, 조건이 존재한다. 토끼의 간을 빼기 위해선 적어도 용궁까진 살아서 가야 한다. 그리고 용궁 내에서 산 채로 아필드 님의 앞에 대령해야 한다.

즉, 민혁은 지금 토끼가 된 것이다.

전래 동화 속 이야기에 따르면 가여운 토끼는 자라에게 속아 용궁으로 간다고 하지 않은가? 그처럼 진행되고 있는 것.

라든은 결심했다. 그들에게 접근하기로.

또한, 그는 몰랐다. 전래 동화 속 이야기에서 자라의 꾐에 넘어갔던 토끼는 용궁을 도망쳐 나와 빅엿을 선사한다는 걸.

4장
대마도사 아필드

밴은 갑작스러운 존재의 등장에 그를 경계하는 기색으로 민혁의 앞을 가로막았다. 그러고는 곧 의아한 표정을 지었다.

"용왕의 아이 중 둘째, 자라 전사이군."

"예, 맞습니다. 안녕하십니까? 육지분들."

라든은 최대한 가식적으로 웃어 보였다.

그리고 토끼의 간에 대해 밴이 더 알고 있으면 먹을지도 모른다는 생각에 물었던 민혁은 자라의 등장에 놀랐다.

전설의 요리사가 말하기를 용왕의 아이들은 무척 강하다고 했다. 물론, 전설의 요리사인 그리고 할지라도 그들의 무력을 정확히 알지는 못하겠지만 말이다.

결정적인 것은.

'용왕은 공청 석유의 위치에 대해 알고 있다!'

그 생각에 민혁은 이채를 띨 수밖에 없었다. 심지어 앞의 자라 전사는 자라 좋게 웃어 보이고 있지 않은가?

그가 말했다.

"이렇게 육지 분들이 저희 용왕의 바다에 와주시다니, 매우 기쁜 일이네요. 전 이분이 말씀하셨듯 용왕의 아이 중 둘째, 자라 전사 라든이라고 한답니다."

"오오, 그렇군요. 안대가 아주 멋져요. 크레이지 A케이드라는 게임에서 본 해적 거북이 같아요!"

"……그, 그게 뭐죠?"

"있어요, 물풍선 가지고 노는 게임!"

"그렇군요. 하하."

그리고 민혁은 본격적인 아부를 시작했다.

'일단 그와의 친밀도를 올려 용왕님을 만나리!'

"히야, 짧은 다리, 주름진 피부, 밥 비벼 먹으면 맛있을 것 같은 등껍…… 아니, 아니, 멋진 등껍질까지! 정말 멋지십니다!"

"고맙습니다."

라든은 이자가 호의적이자 의아했다. 하지만 이내 일이 더 쉬워질 수도 있겠다는 생각이 스쳤다.

"참, 혹시 공청 석유라고 아시나요?"

그 질문에 라든은 오호라 했다.

'그걸 찾고 있었군.'

공청 석유. 그 또한 들어봤다. 문제는 그 위치를 자신은 모른다는 것.

'듣기론 검은색 물에 탄산 맛이 난다고 하지, 한 방울씩 떨어지고.'

아는 정보는 여기까지였다. 위치는 그가 알 리 없다.

용왕? 대마도사 아필드 님이 그런 걸 알 턱이 없지 않은가?

하지만 그가 빙긋 웃으며 말했다.

"압니다. 혹 원한다면 거기까지 안내해 드리죠."

"정말인가요?"

"네."

"히야…… 음……?"

그러다 민혁은 아차 했다.

'이유 없이 고기 사주는 사람을 조심하라고 했어……!'

사실 민혁은 그를 포장해 말했지만 뭘 했다고 라든이라는 자라가 공청 석유가 있는 곳을 안내한단 말인가? 그는 잠시 경계했다.

그에 라든은 당혹했다.

'놈을 산 채로 데려가야만 해……!'

그래서 서둘러 둘러댔다.

"가시면 용궁에서만 맛볼 수 있는 산해진미가 가득합니다. 또한, 용궁에 오시면 그에 따른 푸짐한 보물도 선물로 드리지요."

"요, 용궁에서만 맛볼 수 있는 산해진미요?"

"네, 하하 아주 기가 막히죠."

"당장 가시죠!"

라든은 이자가 먹을 걸 좋아하는 덕에 일이 참 쉽게 풀린다 생각했다.

그리고 민혁이 돌다리를 한번 두들겨 보려다가 움직임을 멈춘 것은, 생각해 보니 그에겐 귀신창 밴이 있었기 때문!

그러던 중.

"아, 맞다. 가기 전에 이 연어 좀 육지로 올라가서 먹고 와도 되나요?"

민혁이 황금 연어를 가리켰다.

'그렇게 되면 시간이 지체되는데…….'

라든은 곧이어 손가락 하나를 황금 연어에 뻗었다.

그러자 투명한 풍선이 생겨나 황금 연어를 가뒀다.

[황금 연어가 마법의 수족관에 들어갑니다.]

[이틀 동안 황금 연어가 죽지 않고 수족관에 보관되며 인벤토리에 넣을 수 있습니다.]

"크!"

민혁은 감탄사를 흘렸다. 그리고 라든을 따라 용궁으로 향하기 시작했다.

용궁으로 가는 동안 민혁은 라든에게 양해를 구해 얻을 수 있는 먹거리를 따기 시작했다.

용궁의 바다 곳곳에는 안으로 들어가면 실제 바다가 아닌, 물이 없고 자유롭게 걸을 수 있는 곳들이 꽤 존재했다.

그 안에서 탕탕이를 만든 민혁은 접시 위에서 꼬물꼬물 춤을 추는 다져진 낙지와 그 밑에 깔린 육회를 준비했다.

입에 넣고 씹자 고소한 참기름 맛과 부드럽고 달콤한 육회 맛이 함께 났다. 거기에 더해져 꿈틀거리는 낙지는 식감이 좋았다.

그리고 그 모습을 옆에서 흐뭇하게 보던 밴이 말했다.

"아이구, 잘 먹는다. 아이구 잘 먹는다~ 허허허!"

그는 마치 손주가 먹는 걸 보는 할아버지처럼 웃으며 옳지! 옳지! 하고 있었다.

"여기에 소주 한 잔 탁! 꺾어주면 끝장나는데 말이죠."

"어이구 내 새…… 우리 민혁이 그런 것도 아나?"

"그럼요!"

"다 컸군, 다 컸어! 허허허허허!"

그리고 그 모습을 보는 라든은 고개를 절레절레 저었다.

'다 큰 애한테 저리 말하는 걸 보니 노망난 늙은이와 먹을 것에 미친 이상한 남자가 분명하군. 쯧…… 생각보다 일이 쉬워졌어.'

라든은 피식 웃었다. 오히려 저런 머저리들이 걸려줘서 다행 아니겠는가?

그리고 탕탕이를 먹은 후, 그들은 다시 일어서 용궁으로 향하기 시작했다.

라든은 용궁으로 돌아오자마자 그들을 용궁 내에 위치해 있는 식당으로 데려갔다.

용궁 내의 존재들은 이족 보행이었다. 또한, 용궁 내에는 물이 없었다.

식당에 앉은 민혁은 기대감 어린 표정을 지었다.

"헤헤, 너무 설레는 것! 용궁 먹거리 먹는다!"

그를 보며 라든은 빙긋 웃고는 말했다.

"요리사들에게 말해두었으니, 곧 있으면 진수성찬이 차려질 겁니다. 그걸 드시고 용궁 한번 둘러보신 후, 공청 석유를 찾으러 가지요."

"알겠습니다."

민혁이 고개를 맹렬하게 끄덕였다.

그리고 밴 또한 고개를 끄덕였다.

"용궁은 처음 들어와 보는군. 용궁 내의 존재들은 육지의 존재들에게 호의적이긴 했지만, 용궁 구경까지 시켜줄 줄이야."

그렇기에 밴이 순순히 민혁과 함께 온 거다.

사실 밴은 그러면서도 경계를 늦추지 않고 있었다.

그리고 라든은 나가면서 요리사인 이족 보행의 상어에게

말했다.

"바이다의 독을 요리에 타거라."

사실은, 상어 또한 대마도사 아필드를 따르는 언데드였다.

상어가 안으로 들어가자 목소리가 들렸다.

"헉…… 호, 혹시 죄송한데, 지느러미 조금만 떼어달라고 하면 화낼 건가요……?"

"……진짜 머저리군!"

자라 좋은 미소가 싹 사라진 라든. 그는 병력을 집결시키기 시작했다.

물론 바이다의 독을 먹을 테니 괜찮을 거다. 바이다의 독은 맹독 중의 맹독으로, 먹는 순간 시야가 흐릿해지며 몸이 마비되기 시작한다.

하지만 1시간이 지나면 그 효과가 깨끗이 사라지니, 산 채로 대마도사 아필드 님 앞에 대령할 수 있으리라.

안쪽에서 와구와구 먹어치우는 소리가 들렸다.

얼마 후, 그 소리가 점차 작아지기 시작했다. 그리고 두 사람이 웃으며 이야기를 나누던 소리도 서서히 사라져갔다.

어느덧, 라든의 앞으로 용궁의 정예 기사들이 집결했다.

용궁의 정예 기사들은 본래 350레벨대의 힘을 내는 이들. 하지만 이 자리에 집결한 자들 전부는 모두 언데드였다. 이 역시 영혼 교환술로 숨어 들어온 거였으며 사실상 지금의 용궁은 대마도사 아필드의 수하들이 대부분 점령하고 있었다.

'힘이 계속 약해지고 있다…….'

라든은 자신의 손을 내려다봤다.

저들은 신경 쓸 가치도 없는 자들이다. 하지만 용왕인 아필드도 그랬지만, 자신까지도 서서히 약해지고 있다. 영혼 교환술이 한계에 다다랐다는 의미.

하지만 이 짓도 이제 끝이지 않은가?

그는 짙은 웃음을 머금었다.

"이제 어리석은 육지 생명체들한테 지옥을 선사해 줘볼까?"

그리고 라든이 문을 열고 들어간 순간, 그의 목 끝에 검이 향해 있었다.

"……?"

라든의 눈이 휘둥그레 커졌다.

그 앞에는 민혁이 차가운 표정으로 서 있었고, 등 뒤로 아까 전의 바보 같던 노인이 등 뒤에서 창을 쥐고 서 있었다.

민혁은 안에서 요리를 먹자마자 이런 알림을 들었다.

[바이다의 독을 먹으셨습니다.]
[1시간 동안 마비 독에 의해 움직임에 제한을 받으며 어지러움을 동반합니다.]

[모든 상태 이상으로부터 버텨낼 수 있는 만독불침의 육체를 가지고 계십니다.]

[상태 이상으로부터 저항하셨습니다.]

그 말을 듣자마자 뱅의 손을 잡아채 제지했고 상황을 알아챈 뱅은 단숨에 상어 요리사를 소리 없이 기절시켰다. 그리고 민혁은 문 앞에서 라든이 나오길 기다렸던 거다.

라든은 다소 놀란 표정이었다.

하지만 곧 미친 듯이 웃었다.

"크흐흐흐, 하하. 이거 미치겠구만. 아주 재밌어!"

그의 웃음에 반대로 민혁의 표정은 갈수록 일그러졌다.

"산해진미, 공청 석유 다 거짓말인 건가?"

"산해진미는 저기 널리지 않았는가? 그리고 공청 석유? 그걸 내가 어떻게 알아."

라든이 자신 있는 이유는 뒤쪽에 선 자신의 병력과 본인 스스로를 믿었기 때문이다.

수적으로 자신들이 너무나 우위에 있었다. 심지어 뒷문 쪽에서도 몇몇 존재들이 암살을 준비 중이었다.

그 말을 들은 민혁은 부들부들 몸을 떨었다.

'공청 석유…… 산해진미……!'

그것을 미끼로 자신을 끌어들였다. 그리고 그게 다 거짓말이었다.

"지금 먹을 거로 거짓말한 거네?"

민혁이 세상에서 가장 싫어하는 세 가지가 있다. 먹을 거를 버리는 것, 장난치는 것, 거짓말을 하는 것이다.

"이유가 뭐지?"

"너의 배 속에 있는 토끼의 간. 그게 우리 용왕님께 필요하거든, 네 배의 그것을 꺼내 용왕님께 바칠 거야."

"……짜증이 확 나네?"

민혁의 입가에 웃음이 감돌았다. 하지만 눈만큼은 차갑게 가라앉기 시작했다.

라든은 오호라 하는 표정을 지었다.

'이런 눈빛도 보일 줄 아는 자였군.'

민혁은 지금 진심으로 분노하고 있었다. 이젠 하다못해 먹은 것까지 배를 갈라 뺏어가려 하지 않는가? 그는 일말의 자비도 베풀지 않기로 결심했다.

민혁이 검을 움직이려는 순간.

타아아앗!

뒤쪽에 서 있던 이족 보행의 꽃게 기사단이 움직였다.

그리고 뒤쪽에 선 밴도 창을 들었다. 오랜만에 남을 공격하기 위해 휘둘러보는 창이었다.

귀신창은 총 세 개의 장으로 이루어져 있다.

그중 첫 장.

밴이 창을 뒤로 젖혔다. 그 후에 앞으로 힘껏 찌르는 제스처를 취했다.

라든은 이 미친 노인네가 뭘 하나 했다.

그리고 그 순간, 그의 힘이 발현됐다.

[귀신의 춤사위]

[귀신같은 창이 춤을 추듯 적들을 유린합니다.]

푹푹푹푹푹푹푹푹!

뒤쪽에서 움직이려던 꽃게들의 단단한 갑각이 모조리 파괴되며 그들의 심장을 꿰뚫고 지나갔다.

펏펏펏펏펏펏!

털썩- 털썩-

순식간에 열이 넘는 기사들이 쓰러져 내렸다.

그들이 죽는 순간, 그 안에 영혼 교환술을 이용해 있던 자들의 검은색 영혼이 기사들의 위로 떠올라 비명을 질렀다.

"끄아아악!"

"으아아아악!"

그리고 그 검은 영혼들은 곧이어 불에 화해 잿더미가 되어 허공에 흩어져 사라져 버렸다.

밴은 미간을 찌푸렸다.

'이 능력은……?'

그는 이러한 능력을 얼핏 알고 있었다.

"헉……?"

그에 라든은 눈을 크게 떴다.

그는 일단은 목 끝을 겨눈 검부터 해결해야 한다고 생각했다. 그래서 등에서 이도류를 뽑아 힘껏 올려쳤다.

태애애앵!

그 순간, 민혁에게 알림이 울렸다.

[언데드입니다.]

[신성력 스텟에 따른 특혜가 적용됩니다.]

[판도라의 투구의 특수 효과인 신성력 2배가 적용되어 언데드에 대한 공격력과 방어력이 100% 상승합니다.]

그뿐만이 아니었다. 그를 이어서 갑작스러운 퀘스트창이 떠올랐다.

[돌발 직업 퀘스트: 위기에 빠진 용궁]

등급: SS

제한: 식신

보상: 용왕의 대게

실패 시 페널티: 모든 스텟-30

설명: 식신은 과거에 용궁을 구해준 적이 있다. 그때 그는 용왕과 두터운 친분을 쌓았다. 그리고 용왕은 추후 다시 식신을 만나

는 날 선물하기 위해 그가 엄선한 대게를 준비했다. 하지만 그는 돌아오지 않았고 후예인 당신이 오게 되었다. 위기에 빠진 용궁을 구해라! 그러면 용왕이 준비한 대게를 먹을 수 있을 것이다.

'……!'

민혁의 눈이 크게 떠졌다.

'대, 대게라고?'

대게.

아주아주 거대한 대게란 녀석은 보통의 사람들이라면 아주 특별한 날이나 가끔 맛볼 수 있는 별미이다.

잘 찐 대게의 집게발을 양쪽으로 잡고 쭉 당기면 야들야들 하고 오동통한 대게 살을 볼 수 있다.

그리고 한 입 베어 물면? 신세계를 맛볼 수 있다.

특히나, 민혁이 대게라는 것에 더욱더 관심이 가는 이유는 하나였다.

'우리 아버지도 참 좋아하시는데……'

민혁의 아버지인 강민후도 좋아하는 음식이었다.

"날 앞에 두고 감히……!"

그때 라든이 미간을 찌푸리며 민혁을 공격해 왔다.

수우웅!

그는 스텝을 사용해 서둘러 뒤로 물러섰다. 그리고 정신을 차린 민혁은 의아할 수밖에 없었다.

'언데드라니?'

그는 주변을 훑어봤다. 설마 이 자리에 있는 자들 전부가 언데드란 말인가? 민혁은 경계 어린 시선으로 라든을 보았다. 라든은 다시 공격을 가하기 위해 준비 중이었다.

그때 등 뒤에서 밴이 지면을 박찼다.

탓!

탱!

민혁을 지나쳐 간 밴의 창은 라든의 이도류를 힘껏 위로 쳐냈다. 그리고 빠른 속도로 그를 공격하기 시작했다.

탱탱탱탱!

라든의 눈이 크게 떠졌다. 자신이 감히 상대할 수도 없을 정도로 엄청난 빠르기의 창이었다.

그리고 민혁은 이들이 언데드라는 사실을 알고 판도라의 투구의 스킬을 밴에게 적용시켰다.

[신을 향한 찬양]

[지정한 대상의 신성력이 투구 착용자의 신성력만큼 상승합니다. 기존에 지정 대상이 가지고 있던 신성력은 사용할 수 없습니다.]

그 순간, 민혁이 착용하고 있던 투구에서 뻗어 나간 밝은 빛이 밴의 몸속에 스며들었다.

그리고 민혁은 빠르게 콩이를 소환했다.

[콩이가 소환됩니다.]
[펫 소환 버프로 공격력 13%, 방어력 8%가 상승합니다.]
[펫 아티팩트 버프로 힘 4% 방어력 10%가 상승합니다.]

민혁은 몸에 강력한 힘이 깃드는 걸 느꼈다.

그 순간, 밴의 창끝이 라든의 옆구리를 스치고 지나갔다.

쉬이이이익!

"커허억……?"

라든은 깜짝 놀랐다.

단순히 창끝이 스치고 지나갔을 뿐이었다. 한데, 옆구리를 누군가 강력한 스킬로 공격한 듯한 통증이 밀려오고 있었다.

그뿐만이 아니었다.

밴은 민혁을 공격하려는 자들을 보고는 귀신창의 두 번째 장을 사용했다.

[귀신의 쾌창]
[수십 개의 창이 단숨에 적들의 급소를 찌릅니다.]

빈 허공에서 몰려오는 적들의 앞으로 창들이 생겨나더니, 단숨에 적들의 급소들을 관통했다.

푸직! 푸직! 푸직!

급소를 관통당한 적들이 바닥에 풀썩풀썩 쓰러져 내렸다.

그 틈을 노리고 라든이 움직였다.

라든 또한 용왕 아이의 육체를 가지고 있었다. 그리고 본래 그는 상당한 실력자였다.

그의 검에 검은빛이 맺혔다. 순간적으로 공격 속도와 이동 속도를 2배 상승시켜 주는 암살 능력으로, 단숨에 적에게 접근해 목을 꿰뚫을 수 있다.

거리를 접어 움직이듯 순식간에 밴의 앞에 당도한 라든이 힘껏 그의 복부에 이도류를 꽂았다.

'됐다⋯⋯!'

그는 밴만 잡으면 이 판은 끝날 거라 여겼다.

하지만 곧 놀라운 이변이 발생했다.

퍼짓!

"⋯⋯뭐 하나?"

라든의 이도류는 분명히 밴의 복부를 공격했다. 한데, 그의 복부에 이도류가 파고들지를 못했다. 검 끝만이 그의 복부를 조금 파고들었을 뿐.

밴은 순간적으로 적의 공격이 이어질 때 자신의 몸에 귀신의 방어술 중 하나인 '귀갑'을 둘렀다.

이 귀갑은 단숨에 방어력을 2배 상승시켜 준다. 거기에 더해져 조금 전 민혁이 사용한 신을 향한 찬양으로 인해 밴의 방어력은 언데드를 상대할 때 훨씬 더 높아졌던 것이다.

그리고 민혁이 난입했다.

파지지지직!

그는 라든을 향해 비산하는 검을 사용했다. 무방비 상태에 공격을 허용한 라든의 가슴팍에서 피가 솟구쳤다.

핏!

"커헉?"

엄청난 고통에 라든의 입에서 신음이 터져 나왔다. 믿을 수 없는 타격치였다.

그와 함께 연속으로 다섯 번 추가 대미지가 들어갔다.

핏핏핏핏핏!

그의 몸 곳곳이 난자되고, 몸 곳곳에서 피를 흘리는 라든은 천천히 허물어졌다.

쿠우우웅!

그 요란한 소리와 함께 라든의 몸속에서도 검은 형체가 나타났다.

"크아아아아악!"

비명을 지르며 검은 형체가 소멸되어 사라졌다.

[레벨업 하셨습니다.]

[레벨업······.]

민혁은 이들과 싸우면서 경험치가 오르는 걸 볼 수 있었다. 이들이 몬스터로 인식되는 듯싶었다.

민혁과 밴은 이제야 시체를 자세히 살필 수 있었다.

'멀쩡하잖아?'

자라는 멀쩡했다. 오히려 달콤한 잠에 빠진 듯 보이는 모습에 민혁은 의아할 수밖에 없었다.

그리고 밴은 아차한 표정을 지었다.

"설마……."

그는 과거의 극강팔인. 그 당시 아필드는 그와 함께 같은 극강팔인에 속해 있었다.

물론 같은 극강팔인이라고 할지라도 서로의 힘에 대해 아는 것은 아니었다. 하지만, 아필드의 그 능력은 무척이나 유명했다.

그의 의심이 확신이 되는 순간이었다.

"영혼 교환술."

"영혼 교환술이요?"

"그래, 언데드들이 상대방의 몸에 들어가는 고위급 흑마법이야, 그리고 몸에 들어간 자를 공격하고 그를 죽여내면 그 육체가 죽는 게 아닌, 그 속에 들어간 영혼이 죽어버리는 거지."

"아……."

어느 정도 이해가 되었다.

즉, 민혁과 밴이 사냥한 것은 실제 라든이 아니라, 그 몸속에 있었던 언데드였던 거다.

"한데, 이 정도 영혼 교환술을 펼칠 수 있는 자라면 대마도사 아필드밖에 없는데……."

"대마도사 아필드……."

민혁은 7대 죄악 중 하나인 그의 저주의 힘과 대면한 적이 있었다.

"그래, 아마도 용궁에 심상치 않은 일이 생긴 것 같네. 어쩌면 그 용왕이 대마도사 아필드일지도 모르지."

민혁의 치아가 뿌드득 갈렸다. 사실상 자신의 배를 갈라 토끼의 간을 빼려고 한 자가 그라는 의미였다.

'어쩌면 그는 토끼의 간의 숨겨진 능력을 알고 있던 건가?'

그럴 수 있을지도 모른다.

바로 그때.

콰아아아아앙!

천지를 뒤흔드는 강력한 충격파가 들려왔다.

민혁과 밴의 고개가 뒤쪽으로 돌아갔다.

"크아아아아아!"

"으아아아아아!"

"흐라아아아아!"

그리고 곳곳에서 비명 소리가 들려오기 시작했다.

2시간 전. 기절했다가 눈을 뜬 제빗은 기억을 떠올렸다.

어그로 능력으로 조개 골렘을 동굴 밖으로 유인하기 전, 용 궁 내의 이들만 아는 동굴로 들어가는 비밀 입구 근처에 토끼 의 간을 숨겨뒀다.

간을 빼놓을 수 있는 이점을 가진 그녀는 자신이 혹시 죽어 서 토끼의 간을 포식자에게 먹히면 안 된다는 생각에 숨겨놓 은 거였다.

그 후에 그녀는 어그로 능력을 사용했다.

한데, 그게 문제였다. 하필 놈이 분노한 날, 어그로 능력을 사용한 거다.

조개 골렘은 제빗을 끌고 안으로 들어갔다.

그때 알았다. 동굴 안으로 이방인이 아니어도 입장 가능한 방 법이 있다는 것을. 그건 바로 동굴의 주인이 허락했을 때였다.

생각해 보면 포식자는 그 안에서 많은 생명체를 먹었다. 즉, 그가 먹이로 인식한 존재는 동굴 안으로 들어갈 수 있다 는 거다.

그녀는 온 힘을 다해 놈과 싸웠다. 하지만 이길 수 없음을 알고 밖으로 도망쳐 최대한 멀리 있는 바위틈에 몸을 숨겼다.

한데, 그 숨어 있는 와중에 그녀는 결국 기절해 버렸고, 눈 을 떴을 땐, 며칠이 지났는지도 알 수 없었다.

그녀는 혹시 몰라 동굴 인근으로 갔다. 그리고 슬며시 입장 을 시도했다.

한데, 놀랍게도 동굴이 그녀를 밀어내지 않았다. 또한, 그 안은 조개 골렘과 누군가 싸운 흔적이 역력했다. 그리고 간을 숨겨놓은 벽 틈에 갔을 땐, 누군가 간을 가져갔다는 걸 알 수 있었다.

그녀는 지금 자신의 상태로는 그자를 쫓을 수도, 어떤 것도 할 수 없다는 걸 알았다.

밖으로 나온 그녀는 자신의 상처를 서둘러 치료했다. 하지만 그녀의 능력은 치유 쪽이 아닌, 특별한 버프 쪽에 치중되어 있기 때문에 한계가 있었다.

여전히 상처투성이가 가득한 몸을 이끌고 제빗은 용궁으로 돌아왔다.

"제빗!"

첫째 아이. 캬리가 그녀를 만나자마자 꽉 끌어안았다.

제빗은 엉엉 울기 시작했다.

"흑, 흑흑흑……. 결국 조개 골렘을 사냥하지 못했어, 언니……! 용왕님을…… 용왕님을 살려야 하는데……! 우리 용왕님이 예전의 모습으로 돌아오셨을지도 모르는데……!"

엉엉 우는 제빗에게 캬리가 해줄 수 있는 것은 꽉 끌어안아 주는 것뿐이었다.

"괜찮아, 제빗, 괜찮아……."

어떻게 보면 제빗은 어리석은 짓을 했다.

조개 골렘. 그에게서 채취하는 재료를 이용해 용왕님이

나을 수 있는 약을 만들려고 한 것이다.

'아니, 어리석은 게 아니지. 어쩌면 나보다 더 나아.'

캬리는 쓰게 웃었다. 그녀는 뭐라도 하기 위해 발 벗고 나섰
으니까.

제빗이 어느 정도 진정이 된 것을 본 캬리는 그녀에게 차 한
잔을 가져다줬다.

차로 목을 축이던 제빗이 말했다.

"나…… 말할 사실이 하나 더 있어……."

"응?"

그에 캬리의 귀가 쫑긋거렸다.

"……간을 잃어버렸어."

"……!"

그 말을 들은 캬리는 그 어떤 때보다 더 크게 놀랄 수밖에
없었다.

간을 잃어버렸다니? 캬리가 알고 있는 간을 꺼내는 방법은,
죽은 후 몸에서 꺼내는 것뿐이었다. 혹시 제빗은 다른 방법을
알았던 걸까?

"난 내 간을 자유자재로 빼놓고 다닐 수 있거든……."

그와 함께 제빗은 동굴에서 어떤 일이 있었는지 말해줬다.

"다시 들어갔을 때, 간이 사라져 있었다고……? 그건 누군
가 분노한 조개 골렘을 사냥했다는 말이잖아?"

제빗의 고개가 천천히 끄덕여졌다.

곧 제빗이 말했다.

"로베스 신께선 사실 내 간에 특별한 힘을 부여하셨어, 그게 바로 로베스 신의 보물이야, 그런데 로베스 신께서 말씀하시길, 이 간은 나중에 '그'에게 선물로 주라고 하셨어."

"그라니?"

캬리가 고개를 갸웃했다.

"예전에 용궁이 위험에 빠져 있었을 때, 구해줬던 분 있잖아."

"아……."

캬리는 고개를 끄덕였다. 그는 대단한 자였다.

용궁이 위험에 빠졌을 때. 지상 위의 강력한 존재들이 용궁의 금은보화를 뺏으려 했다. 용궁은 비명이 끊이질 않았고 서서히 밀리기 시작했다.

그때 나타난 정체 모를 남자가 있었다.

그 남자는 말했다.

'여기 해산물이 그렇게 기가 막히게 맛있다던데? 근데, 여기 지금 왜 이런데?'

이후 그는 용왕과 대화를 나누었고, 용왕은 그에게 아주 값진 식사를 대접했다.

그리고 그는 다음 날 전설로 돌아왔다.

'용왕님, 어제 먹었던 랍스타 기가 막히더라고요! 내가 다른 건 몰라도 맛있는 은혜는 못 잊지!'

그 말과 함께 그가 동료들과 나타났다.

수십만 몬스터들이 나타나 적들을 유린했다.

인간 중 가장 강력한 황제라고 불리는 자가 기사들을 파견하고 드래곤 로드가 드래곤들을 보내 도왔다.

그렇게 용궁은 평화를 되찾았다.

캬리도 아주 어렸을 적의 일이다. 그리고 그 일이 있고 난 후, 얼마 후 제빗이 태어났다.

"그분께서 돌아오면 로베스 신께서 주시라고 했었거든……."

"아……."

캬리는 알았다.

로베스는 직접적으로 용궁에 관여할 수 없다. 그랬기에 용궁에 제빗이라는 선물을 보냈을지도 모른다. 그와 함께, 그 전설 같았던 남자에 대한 선물까지도.

그리고 간을 잃어버렸다는 이야기를 들은 캬리는 속으로는 안도했다.

'……차라리 잘된 것일지도 몰라.'

캬리는 생생히 기억하고 있었다.

변해 버린 용왕님의 그 탐욕스러운 눈빛, 만약 간만 얻을 수 있다면 당장 자신을 죽일 듯한 눈빛이었다. 그것이 제빗이라고 할지라도 다르지 않을 것이다.

한데, 이제 제빗에겐 토끼의 간이 없다. 만약 계속 가지고 있었다면 그녀는 죽었을지도 모른다.

차라리 용왕님이 나을 수 있는 다른 방법을 찾는 게 나을 거다.

"용왕님을 알현해야겠어."

"이 몸으로?"

제빗이 고개를 끄덕였다. 그녀는 자신이 너무 오랜 시간을 비웠다는 걸 알았다.

"함께 가자."

캬리는 그녀의 손을 잡고 부드럽게 웃었다.

'아무리 변한 용왕님이라고 할지라도……'

제빗이 그를 위해 조개 골렘과 싸웠고 죽을 뻔했다는 말을 듣는다면 다를 것이다.

캬리는 제빗과 함께 방을 나섰다. 그리고 용왕님이 계신 곳으로 걸음을 옮겼다.

곧이어 용왕님이 계신 곳에 도착한 캬리와 제빗은 그 커다란 문을 바라봤다.

끼이이이익!

캬리가 노크를 하려던 순간, 문이 요란한 소리를 내며 저절로 열렸다. 그리고 그 안에 용왕님이 있었다.

제빗은 용왕님의 얼굴을 보고 눈물이 날 것 같았지만 참았다.

'어, 얼굴이······.'

용왕님은 며칠 사이에 더욱더 야위어 있었고 얼굴에 검은빛이 감돌았다.

사실 대마도사 아필드, 그가 다른 이들보다 이렇듯 빠르게 노쇠해지는 이유는 하나였다. 용왕 스스로가 안에서 강력하게 저항하고 있었기에 강력한 그 힘과 싸우기에는 대마도사 아필드조차도 힘에 겨웠기 때문이다.

"용왕님을 뵙습니다."

캬리와 제빗이 꾸벅 절을 했다.

캬리는 먼저 토끼의 간이 사라졌다는 말을 해야 한다고 생각했다.

"용왕······."

한데, 그 순간 용왕의 손이 움직였다. 그리고 물로 이루어진 창이 생성되어 빠른 속도로 제빗을 향해 날아갔다.

'아, 안 돼······!'

캬리의 손이 움직였다. 순간적으로 생성해 낸 물의 장벽이 솟아나 제빗의 앞을 막았다.

하지만 용왕이 쏘아낸 창은 강력했다.

콰지익!

단숨에 장벽을 관통하고 제빗의 등에 창이 박혔다.

"커헉······!"

제빗이 비명을 토해냈다.

"제, 제빗……!"

캬리가 그녀에게 다가갔다.

"비켜라, 캬리."

"요, 용왕님 어, 어찌하여…… 어찌하여 이러십니까!"

"……듣지 않았느냐? 제빗이 가진 토끼의 간만이 나를 살릴 수 있는 길이다. 또한, 예전의 나로 돌아갈 수 있을지도 모르지 않느냐."

대마도사 아필드는 전후 사정을 모른다. 지금 당장 토끼의 간이 사라졌다는 사실도 모르고 있었다. 단지, 제빗이 들어온 순간, 그녀에게서 토끼의 간을 빼앗아야 한다는 생각만 했을 뿐이다.

캬리의 몸이 부들부들 떨렸다.

"제, 제빗에겐 토끼의 간이 없어요. 그러니, 제발……!"

"토끼의 간이 없다?"

용왕이 천천히 몸을 일으켰다. 2m 50㎝가 넘는 거구의 그가 턱을 쓸며 의아한 표정을 지었다.

캬리는 자초지종을 설명했다.

"제빗은 용왕님을 위해……! 포식자와 싸웠다고요!"

캬리가 목 놓아 소리쳤다. 제발, 제빗과 자신의 마음을 알아 주기를, 과거의 용왕으로 돌아와 주기를 바라는 목소리였다.

캬리의 말을 들은 용왕의 얼굴에 미소가 감돌았다.

"제빗, 캬리. 거짓말이 늘었구나."

"거짓말이라니요! 용왕님을 위해 목숨까지 바쳤던……."

"캬리. 난 괜찮아."

등이 관통되어 콸콸 피를 흘리는 제빗은 위태로워 보였다.

"난 정말 괜찮아……."

여전히 용왕만을 생각하며 그녀는 작게 웃고 있었다.

캬리의 주먹이 불끈 쥐어졌다.

그순간.

촤아아아아- 촤아아아아-

용왕의 주변으로 작은 소용돌이가 생겨났다.

그 소용돌이는 점차 창의 형태를 이루어가더니 곧이어 거대한 물의 창이 맹렬한 회전을 일으키며 용왕의 앞에 나타났다.

"비켜라, 캬리."

그와 함께, 그 창이 또 한 번 제빗을 향해 파공음을 내며 날아갔다.

쑤화아아악!

캬리는 용왕과 제빗을 번갈아 보았다.

싫었다. 아무리 용왕님이라고 해도 싫었다. 그건 안 된다. 제빗만은 안 된다.

"싫어……!"

파하아아앗!

캬리의 앞으로 물줄기가 생겨났고, 캬리가 그 물줄기를 쥐는 순간, 검이 되었다. 바로 바다의 수호자의 검이었다.

로베스 신이 신의 아이 중 유일하게 첫 번째 아이인 캬리에게 내린 신성한 무기. 전설, 아니, 어쩌면 그 이상도 볼 수 있을지 모르는 용궁 내 최고의 명검.

좌아아아앗!

캬리가 힘껏 검을 휘두르는 순간 생겨난, 방금 전보다 훨씬 더 거대하고 웅장한 장벽. 그 장벽이 창과 충돌을 일으켰다.

쾅!

"캬리, 감히 네가 내 명령을 거부하겠다는 거냐!"

"제빗은…… 손댈 수 없습니다."

캬리는 검을 쥐고 용왕을 노려봤다.

하지만 움직일 수 없었다. 바다의 수호자의 검은 오로지 용왕을 지키기 위한 검. 그를 공격할 순 없다.

또한, 아무리 이런 상황일지라고 하더라도 캬리는 그를 공격할 엄두를 낼 수 없었다.

'어떻게, 용왕님을 내 손으로…….'

그 순간. 분노한 용왕이 터벅터벅 한 걸음씩 내려왔다.

"당신은 기억하지 못하고 계십니까? 제빗은 당신을 누구보다 아끼고 따랐습니다……!"

"용궁의 평화를 위해선 내가 서둘러 기력을 회복해야 한다는 사실을 모르는 것이더냐, 캬리. 하나의 희생으로 평화가 찾아올 것이다."

"그것은 용왕님의 말도 안 되는 변…… 컵!"

그 순간, 어느덧 캬리의 앞으로 다가온 용왕이 그녀의 목을 잡아챘다.

'이년들은 다루기 쉬워서 좋아.'

대마도사 아필드는 속으로 낄낄 웃었다. 방어하긴 했지만, 이들은 절대 자신을 공격할 수 없다.

"컥, 정신 차리십시오. 용왕님, 지금 용궁을 위한 일은 제빗을 죽이는 것이 아니……."

"아니, 내가 사는 것이 너도, 제빗도 사는 길이다."

아필드는 일단은 캬리를 죽이자고 생각했다.

그의 손에 힘이 들어갔다. 그 순간.

휘청.

그는 극도의 어지럼증을 느꼈다.

'큭…… 너무 오랜 시간 이 몸으로 있었어……!'

그리고 그가 휘청거리는 순간, 캬리는 볼 수 있었다.

'방금 그게 뭐였지……?'

그녀는 똑똑히 보았다. 조금 전, 용왕의 몸 위로 정체 모를 검은 무언가가 솟아오르다가 다시 몸속으로 삼켜졌다.

아필드는 시간이 없다고 여겼다.

수화아아악!

허공에서 생겨난 검은 검이 캬리를 향해 쏘아졌다.

푸화앗!

"컵!"

복부를 관통당한 캬리가 비명을 질렀다.

그 순간 또다시 허공에서 움직이는 검이 그녀의 가슴을 노리고 날아왔다.

캬리의 검이 아필드의 목을 노리고 휘둘러졌다.

촤아앗! 캉!

순간적으로 생겨난 검은 실드. 그게 아필드의 목 옆을 방어했다.

하지만 캬리는 빠른 쾌검으로 목이 붙잡힌 상태에서도 필사적으로 저항했다.

결국 아필드가 그녀를 내동댕이쳤다.

털썩!

"꺅!"

바닥을 구른 그녀가 서둘러 몸을 일으키며 아필드를 노려봤다.

"들켜 버린 것 같군."

"……아필드!"

방금 전 그 검은 실드는 용왕님과 그가 싸울 때, 고전을 면치 못하게 했던 흑마법이었다.

아필드는 서둘러 이곳을 정리하고 나가야 한다고 판단하고 숨겨놓은 마력을 폭사시켰다.

수화아아아아악!

주변에 소용돌이치는 검은 마력.

대마도사 아필드의 손이 앞으로 뻗어졌다.

"죽어라."

쏴아아아아아!

검은 화염의 구가 생성되었다. 그 구는 캬리를 단숨에 집어삼킬 만큼 커다랬다.

그 강력한 화염이 캬리를 향해 날아갔다.

수화아아아아아!

그와 함께 캬리가 바다 수호자의 검을 땅에 꽂았다.

쿠쿠쿠쿠쿠!

땅이 진동하며 솟아난 강력한 파도가 4m 높이로 커다래졌다.

콰아아아아앙!

파도와 검은 화염이 충돌하고 강력한 진동이 터져 나갔다.

잠시 두 힘은 호각을 겨루는 듯했다. 하지만 캬리는 지금 복부에 커다란 부상을 입은 상태.

"끄흐으읍!"

검은 화염이 파도를 꿰뚫고 캬리를 집어삼켰다.

"꺄아아악!"

그녀가 비명을 지르며 바닥에 풀썩 쓰러졌다.

그 순간, 대마도사 아필드는 힘을 개방시켰다. 그와 함께 주변에서 검은 힘들이 넘실거리며 용궁 곳곳에 있는 자들의 몸속으로 들어갔다. 남아 있는 모든 영혼을 영혼 교환술을 이용해 집어넣은 거다.

그에 따라 곳곳에서 비명이 들려오기 시작했다. 용궁 내의 이들을 영혼들이 집어삼킨 것이었다.

'서둘러야겠군.'

대마도사 아필드는 어서 빨리 토끼의 간을 챙겨 빠져나가야겠다는 생각에 믿을 수 없다는 표정을 짓는 제빗에게 걸어갔다.

'요, 용왕님이 아니셨어……'

제빗은 분했다. 그를 위해 포식자와 싸웠다. 그를 위해 모든 걸 했다. 그런데, 알고 보니 모두 속은 것이었다.

그리고 바로 그때.

끼이이이익- 쿠우웅!

거대한 문이 열리며 한 사내가 들어왔다. 그의 어깨 위로는 정체 모를 아기 돼지가 서 있었다.

사내는 있는 힘을 다해 자신이 쥐고 있는 검을 아필드를 향해 던졌고 아필드가 몸을 옆으로 비틀어 피해냈다.

검이 벽에 박혔다.

아필드는 조잡한 공격을 시도한 사내를 보았다.

"네놈은……."

그가 뭐라 말하려던 순간, 사내가 손을 앞으로 뻗었다. 하지만 그 어떠한 일도 일어나지 않았다.

아니, 그의 앞에서 벌어지고 있는 일이 아니었다.

푸화아아앗!

대마도사 아필드는 등을 찢고 지나가는 강력한 충격에 순간적으로 크게 휘청였다.

"커허억……!"

단지, 검이 스치고 지나갔을 뿐이다. 그런데, 엄청난 타격이 들어왔다.

푸쉬이이익!

그리고 그 부위가 타들어 가듯, 연기가 솟구쳐 올랐다.

대마도사 아필드는 알 수 있었다.

'이, 이건 강력한 신성력의 힘이다.'

그리고 자신의 등을 스치고 지나간 검. 그 검은 무사히 사내의 손에 빨려 들어갔다.

들어온 사내는 민혁. 그가 조금 전 사용한 능력은 엘레의 검에 붙어 있는 특수 능력, 회수였다.

즐투버로 활동하고 있는 현실 속 이름 소민, 그리고 닉네임 주아는 안절부절못하며 바레트 왕국에서 누군가를 기다리고 있었다.

즐투버인 그녀는 얼마 전에, 로반과 프라이팬 살인마의 영상을 게재했다.

사실상 유명해지고 싶지 않은 유저는 세상에 없다고 생각했고, 그때 당시 주아는 너무나도 황홀한 두 사람의 전투 그리고 사람들의 반응에 생방송을 끝낼 수 없었다.

꽤 높은 조회 수를 기록한 그녀는 짭짤한 수익을 챙겼다. 그래서 프라이팬 살인마에게 수익을 나눠주기 위해 수소문해 봤지만 찾을 수 없었다. 결국 그녀는 공식 게시판에 글을 올렸다. 돈을 드릴 테니, 연락 달라고.

하지만 그건 잘못된 일이었다. 수락 후 방송이 아닌, 방송 후 수락을 받으려고 했으니.

'녹화해 놓고 먼저 의사를 물었어야 했는데······.'

그녀는 입술을 질끈 깨물며 반성하고 있었다.

그리고 시간이 조금 지난 후, 초상권 침해에 따른 고소장이 제출되었다.

'원하는 게 뭐지?'

프라이팬 살인마의 법정 대리인은 모든 수익에 더해 피해 보상금도 지불하겠다는 말에도 콧방귀를 끼었다. 그에 주아는 사정에 사정, 또 사정하여 어떻게든 만날 수 있는 연결 고리를 만들었다.

지금 프라이팬 살인마와 가까운 측근이 이곳에 오고 있었다.

한 식당에 앉아 있던 주아는 곧이어 들어오는 우락부락한 사내를 볼 수 있었다.

"안녕하세요."

주아는 꾸벅 고개를 숙여 보였다.

사내, 제네럴은 작게 고개를 숙이고는 자리에 앉았다.

"죄송합니다! 죄송합니다!"

주아는 계속해서 고개를 숙였다. 그에 제네럴이 말했다.

"죄송은 제가 아니라, 그 친구한테 해야죠. 주아 씨 덕분에 그 친구가 요즘 얼마나 난처해졌는지 아세요?"

"죄송합니다……."

그녀는 차마 고개를 들지 못했다. 세상에 유명해지고 싶지 않은 사람이라니.

그녀가 말했다.

"정말 죄송해요, 그래도 깊게 반성하고 있습니다. 또, 영상을 올리고 프라이팬 살인마에 대한 애정도 가지게 되었고…… 또…… 저도 한 명의 팬이 된 입장으로써 다시 한번 죄송합니다."

"역시 그 녀석은 앞을 꿰뚫어 본다니까."

제네럴은 피식 웃었다.

그는 현실에서 민혁과 유포자에 관한 이야기를 했었다. 민혁은 혹여나 유포자가 이 비슷한 말을 하면 이렇게 말해달라고 했다.

"그 친구가 이런 말이 나오면 전해달라고 했어요."

"네, 어떤……?"

제네럴은 잠시 민혁의 표정 말투를 흉내 내기 위해 목을 가다듬고 말했다.

"누가 그래요? 팬이면 이딴 짓 해도 된다고."

얼굴이 화끈해진 주아는 고개를 푹 숙일 수밖에 없었다.

고개를 채 들지 못하는 주아를 보며 제네럴은 당연하게 받아들였다. 남의 영상을 팔아다가 수익을 챙겼다. 이는 분명한 범죄이다.

제네럴이 아는 민혁은 착한 녀석이다. 하지만 착한 사람과 호구는 다른 거다. 민혁은 착하지만, 자신이 챙길 것은 모두 챙기는 이였다. 또한, 손해도 절대 보지 않는다.

"최, 최대한의…… 변상을…… 위해 노력하겠습니다……."

제네럴은 여기에서 본론을 꺼내기로 했다.

주아는 유명한 즐투버다. 그래서 그녀는 꽤 값진 정보를 가지고 있기도 할 거였다.

"맛있는 거에 대한 정보 아는 거 있어요?"

"……네?"

순간, 주아는 고개를 갸웃했다.

보통 이럴 때 서로가 합의점을 찾기 위해 '얼마나 주실 거죠?'라는 말을 쓴다. 한데, 제네럴의 말은 조금 달랐다.

"맛있는 거 뭐 해줄 수 있냐고요. 아, 특별한 거로요."

"……마, 맛있는 거요?"

"네. 그 맛있는 거요. 오로지 아테네에서만 먹을 수 있는 걸로?"

"……."

주아는 그에 곰곰이 생각해 봤다. 그러자 머릿속에 딱 한 가지 생각나는 게 있었다. 이는 아주 귀한 정보였다.

"맛있는 건 아니지만 비슷한 게 있어요……."

"뭔데요?"

제네럴이 고개를 갸웃했다.

"매, 맷돌이요."

"맷돌이요?"

맷돌이란 말에 제네럴은 머릿속에 먼저 이 생각부터 들었다. '맷돌 손잡이를 뭐라고 부르는지 알아요?'라는 개그.

하지만 곧이어 그 생각을 떨쳤다.

"맷돌이라…… 그거 못 먹는 건데…… 흠……."

그에 주아가 말했다.

"못 먹지만 콩을 갈면 두부를 먹을 수 있잖아요. 그리고 그 맷돌은 그냥 맷돌이 아니에요."

"그냥 맷돌이 아니라고요?"

그에 제네럴은 관심이 생긴 표정이었다.

주아가 고개를 끄덕였다.

"네, 아직 정확한 정보는 밝혀지지 않았지만, 정보에 따르면 맷돌 안에 무언가를 넣고 돌리면……."

"돌리면……?"

"2배가 된대요."

"······계속해 봐요."

흥미가 동할 수밖에 없었다.

"한데, 이 맷돌이 가진 힘이 무궁무진하다고 해요, 실제로 이 콩으로 두부를 만들면 세상 그 어떤 두부보다 맛있는 뜨끈 뜨끈한 두부가 나온대요."

꿀떡.

그 말에 제네럴의 목울대가 절로 움직였다.

시장에서 파는 막 만든 두부는 모락모락 김이 피어오른다.

그 뜨끈한 두부를 한입 크기로 자른다. 그다음, 참치를 넣어 만든 볶음김치를 그 뜨끈한 두부 위에 올려 입에 넣으면?

'생각만 해도 기가 막히네······.'

"저······ 치, 침이······."

"츄르릅. 아, 예."

제네럴은 생각했다. '이거다! 이건 분명히 민혁이 좋아할 만한 거다'라고.

또한, 흔한 맷돌이 아닌 게 분명했기에 충분히 합의점이 될 수 있을 터였다.

"위치나, 정보는 좀 더 알아봐야 해요, 그래서 그런데 혹시 닉네임이 어떻게 되세요?"

제네럴은 차마 입이 떨어지지 않았다.

민혁은 밴과 식당 밖으로 나오자마자 검은 영혼이 스며들어 가는 용궁 내의 이들을 볼 수 있었다.

밴은 몰려오는 적들을 향해 귀신창을 사용했고 적들이 후두둑 쓰러져 내렸다.

[레벨업 하셨습니다.]

밴은 민혁의 수하가 되었기에 그 경험치는 고스란히 민혁에게 들어왔다.

곧이어 밴과 민혁이 계속해서 몰려오는 적들에 의해 거대한 문 앞까지 밀려났다.

"문을 열게! 문을 중심으로 우린 놈들을 막지!"

문 앞을 막고 적들을 베어낸다면 사방에서 그들을 막는 것보단 나았다.

민혁이 힘껏 문을 여는 순간, 밴이 몰려오는 스물의 적들의 틈에 뛰어들어 단숨에 유린했다.

그때 민혁은 알림을 들었다.

[극강팔인. 대마도사 아필드의 출현!]
[극강팔인을 적으로 만나셨습니다.]
[극강팔인을 사냥한 자는 보상을 획득할 수 있습니다.]

민혁은 알림을 들으며 안쪽을 살폈다.

거대한 크기의 용왕. 그는 다름 아닌 이족 보행의 메기였다. 용이 그려진 용포를 입은 그는 등이 꿰뚫린 토끼에게 손을 뻗고 있었다.

'……내 배를 갈라 토끼의 간을 빼앗아 가려고 해?'

당장 손에 놓인 음식만 뺏어가도 분노하는 민혁이었다. 그런 민혁의 배를 갈라 토끼의 간을 빼가려 한 자였다.

민혁은 있는 힘을 다해 검을 던졌다.

검이 벽에 박히자 아필드는 가소롭다는 듯 웃었다.

"네놈은……?"

그 순간, 손을 앞으로 뻗었다.

'놈이 방심한 틈을 타서…….'

벽에 박혀 있던 검이 진동하며 빠르게 뽑혀 나왔다.

푸쉬이이익!

"커허헉……!"

등 뒤를 허용한 아필드가 비명을 질렀다. 그런 아필드의 등 뒤에서 시꺼먼 연기가 피어올랐다.

민혁이 검을 꽉 쥐었다.

'대게를 맛있게 먹고 마지막에 대게장볶음밥과 대게라면을 먹으면 끝장나지……!'

어렸을 때 아버지와 함께 대게를 자주 먹었다.

그때마다 민혁은 말했다.

'아버지, 얘는 게맛살 맛이 나요!'
'하하, 아주 뜨끈뜨끈하고 맛있는 게맛살이지!'

실제로 대게 맛은 게맛살과 다소 비슷했다. 민혁은 그 대게의 맛을 다시 느끼고 싶었다.

그는 뒤를 돌아봤다. 뱅이 몰려오는 적들을 문 앞에 서서 혼자서 막아내고 있었다.

민혁이 엘레의 검을 꽉 쥐었다.

타타타타타탓!

그리고 달리기 시작했다.

"놈!"

대마도사 아필드가 손을 휘저었다. 그 순간, 그의 앞으로 거대한 지팡이가 생겨났고, 그는 민혁을 향해 지팡이를 크게 휘둘렀다. 검은 마력이 민혁의 몸을 훑고 지나갔다.

[대마도사 아필드의 7대 죄악의 저주. 나태.]
[나태에 빠져듭니다. 그 어떠한 것도 하고 싶지 않아집니다.]
[모든 상태 이상으로부터 버텨낼 수 있는 만독불침의 육체를 가지고 계십니다.]
[상태 이상으로부터 저항합니다.]

대마도사 아필드의 7대 죄악의 저주!

민혁은 이미 한번 그의 저주 중 하나인 식탐과 싸워서 맨정신으로 이기지 않았던가.

"……!"

대마도사 아필드는 여전히 자신을 향해 내달리는 민혁을 보며 한 걸음 물러났다.

'어, 어떻게……?'

그는 경악했다.

자신의 저주는 절대로 저항할 수 없는 강력한 힘을 가졌다. 또한, 나태에 빠지면 바로 그 자리에서 그 어떠한 것도 하고 싶지 않게 된다. 당장 누군가 목을 쳐도 말이다.

한데, 사내는 달랐다. 자신이라는 목표를 가지고 살기를 띤 채 내달리고 있었다.

[파이어 필드]
[거대한 화염이 삽시간에 적을 집어삼킵니다.]

푸화아아아아아아악!

바닥에서 뜨거운 검은 화염이 곳곳에서 솟아올랐다.

민혁은 솟아오르는 화염이 자신을 덮치려는 순간, 빠르게 등 뒤에 걸려 있는 프라이팬을 들었다. 프라이팬을 드는 순간,

민혁의 마법 방어력은 2배가 되지 않던가.

화르르르르르륵!

뜨거운 화염 안의 민혁은 느꼈다.

'별로 뜨겁지 않아……'

프라이팬뿐만이 아니다. 신성력에 따른 방어력 상승은 단순히 물리 방어력과 물리 공격력만을 뜻하는 게 아니다. 마법 방어력, 마법 공격력도 포함된다. 심지어 민혁의 마법 방어력은 일반 랭커들도보다도 훨씬 더 높은 수준이었다.

그리고 대마도사 아필드는 민혁을 집어삼킨 파이어 필드 안으로 맹렬한 마법 공격을 퍼부었다.

수십여 개의 물로 이루어진 창들이 쏘아져 날아가고, 검은 전기가 스파크를 튀기며 날아갔다.

그리고 그 뜨거운 화염 속에서 정체 모를 소리가 들렸다.

탱!

'……탱?'

아필드의 미간이 구겨졌다.

그 순간.

탱!

또다시 이어진 소리와 함께 아필드는 자신에게 되돌아오는 물의 창을 보았다.

수화아아악! 콰직!

아필드는 서둘러 검은 실드로 막아냈다. 하지만 곧이어

마법 중 반절 이상이 그를 향해 날아왔다.

탱탱탱탱탱! 탱탱! 푸화앗!

민혁이 화염을 비집고 프라이팬으로 자신의 앞을 막은 채 달리고 있었다.

대마도사 아필드의 주변으로 순간적으로 수십여 개의 검은 실드가 생성되었다.

"먹는다, 대게⋯⋯! 먹는다, 대게장볶음바아아압!"

거대한 함성을 내지르며 대마도사 아필드의 앞에 도착한, 민혁이 힘껏 뛰어올라 비산하는 검을 사용했다.

[비산하는 검]

[한 번의 일격으로 여섯 번 연속 타격하며, 30%의 추가 대미지가 붙습니다.]

민혁이 양손으로 꽉 쥔 자신의 몸만큼 거대해진 프라이팬으로 대마도사 아필드를 내리찍었다.

태애애애애앵!

순간적으로 위쪽에 중첩된 검은 실드들과 프라이팬이 충돌을 일으켰다.

빠직!

대마도사 아필드는 안도의 한숨을 쉬었다.

'내 실드는 못 깼군.'

그 틈에 접근한 놈에게 집중 마법 공격을 퍼부을 생각이었다.

그가 막 팔을 움직이려던 순간.

탱!

한 번의 충격이 더 이어지며 중첩된 실드에 쩌저적 금이 생겼다.

탱! 콰지이익!

곧 실드가 완전히 산산조각이 났다. 그리고.

탱탱탱탱!

연속 네 번의 충격이 대마도사 아필드의 머리를 두들겼다.

"커허어억!"

순간적으로 대마도사 아필드는 정신을 차릴 수 없었다.

어느덧, 앞에 선 민혁. 그가 서둘러 프라이팬을 등 뒤에 차고 검을 뽑아 들었다.

[분노하는 검]

[강한 찌르기에 공격력 60%가 추가되며 급소 찌르기에 성공할 시 총 100%의 힘을 더 내며 폭발합니다.]

민혁의 검 끝에 강한 힘이 실렸다.

대마도사 아필드는 직감했다. 이 공격에 당하면 큰 타격을 입을 것이라고.

고오오오오오-

아필드의 양손에 거대한 마력이 순간적으로 담겼다. 그는 있는 힘을 다해 민혁을 향해 양팔을 뻗었다.

콰아아아아아아앙!

폭사되는 검은 마력을 민혁의 검이 급소를 노리고 찔러져 들어갔다.

수우우우웅!

마력을 찢고 들어간 분노하는 검은 정확히 놈의 복부에 틀어박혔다.

[급소 찌르기에 성공하셨습니다.]
[100% 추가 대미지!]

콰아아아아아아앙!

강력한 힘이 놈의 복부에서 폭발을 일으켰다.

"키헤에에에엑!"

대마도사 아필드의 입에서 정체 모를 끔찍한 비명이 튀어나왔다.

순간적으로 검은 영혼이 튀어나오다가 다시 안으로 들어갔다를 반복한다.

"감히, 감히……!"

'HP가 너무 높잖아?'

민혁은 눈을 크게 떴다.

그 순간 대마도사 아필드가 손을 휘저었다. 그러자 용궁 내의 존재들에게 들어갔던 검은 영혼들이 모두 빠져나왔다.

수백에 이르는 검은 영혼들이 비명을 지르며 대마도사 아필드의 몸으로 빨려 들어갔다.

"꺄아아아아악!"

"끄아아아아악!"

"으아아아아아아악!"

[아필드의 HP가 50% 미만으로 하락합니다.]

[스킬 영혼 섭취술이 발동됩니다.]

[일시적으로 마법 공격력과 마법 방어력이 1.8배 상승합니다.]

[스킬 영혼 회복술이 발동됩니다.]

[모든 상처가 빠른 속도로 회복됩니다.]

"……!"

민혁은 아차 했다.

그러고 보면 저번의 루마드도 HP가 일정 수준 미만으로 떨어졌을 때, 이러한 스킬을 발동시켰다. 아무리 민혁이 신성력에 따라 대마도사 아필드와 지금 비벼볼 만했던 거지만 이렇게 된다면 이야기는 달라진다.

쩌저저저적-

공간이 찢어지며 그 안에서 그 어떠한 불보다 뜨겁고 거대한 불덩이가 나타났다.

[헬파이어]
[거대한 지옥의 불이 생성됩니다.]

아직 유저들도 이 정도 마법의 경지에 도달한 이가 세계에서 손에 꼽힌다 들었다. 그런 강력한 마법, 헬파이어가 위엄을 드러냈다.

민혁은 직감했다.

'맞으면…… 죽는다……!'

거대한 불덩이는 닿지 않았음에도 주변의 모든 것을 녹이고 있었다. 심지어 그 열기가 거리를 벌린 민혁에게까지 느껴질 정도였다.

"……!"

밴 또한, 헬파이어를 발견하고 당혹한 표정이 역력해 보였다.

"죽어라, 놈!!"

쏴아아아아아아!

거대한 헬파이어가 빠른 속도로 날아가는 것을 본 귀신창 밴이 지면을 박찼다.

[귀신의 상쇄창]
[회전하는 창이 단숨에 적의 공격을 상쇄시킵니다.]

밴이 힘껏 창을 던졌다.

그의 창이 맹렬한 회전을 하면서 크기가 거대해졌다. 그리고 헬파이어와 만난 순간.

꽈르르르르륵!

헬파이어를 상쇄시키려 했다.

하지만 헬파이어의 틈으로 파고들려던 상쇄창은 그대로 바닥에 떨어져 내렸다.

"이런……!"

노인 밴은 미간을 찌푸렸다. 이대로면, 자신도 민혁도 집어삼켜진다.

솨아아아아아아아!

바로 그 순간, 거대한 물의 장벽이 땅에서 솟아났다. 그와 함께 민혁과 밴의 바로 앞쪽에서 생겨난 거대한 해일이 매서운 속도로 헬파이어를 향해 움직였다.

민혁과 밴의 고개가 돌아갔다. 그곳에는 복부를 꿰뚫린 캬리가 있었다.

그녀는 제빗을 자신의 무릎에 머리를 대게 하고 있었다.

또한, 제빗도 떨리는 손으로 힘을 사용했다.

[선택받은 아이의 축복]

[10분 동안 모든 스텟이 30%, 마법 방어력이 50% 증가합니다.]

캬리가 소리쳤다.

"뭐든 좋아. 원하는 게 있다면 어떤 것도 해줄게……! 그러니까, 제발…… 제발…… 용왕님을…… 우리 용궁을 구해줘……!"

민혁은 어떠한 상황인지 전혀 알지 못했다. 하지만 짐작은 할 수 있었다. 그의 고개가 끄덕여졌다.

민혁은 프라이팬을 거대화시켜, 밴과 자신을 막았다.

곧이어 헬파이어가 가장 먼저 빠른 속도로 움직이는 해일과 충돌을 일으켰다.

푸솨아아아아아아악!

헬파이어는 단숨에 그 거대한 해일을 집어삼켰다.

수증기가 피어오르며 안을 가득 채워냈다. 검은 화염은 결국에 파도를 모조리 증발시켜 버리고 뒤쪽의 물의 장벽과 만났다.

콰아아아아아앙!

물의 장벽이 허무할 정도로 맥없이 쓰러져 내렸다.

곧 프라이팬과 헬파이어가 충돌을 일으켰다.

콰아아아아앙!

"크흐으으흐흡!"

민혁의 입에서 신음이 터져 나왔다. 마법 반사를 기대했지만 발동되지 않았다.

쭈으으으으윽!

헬파이어에 의해 민혁의 몸이 뒤로 밀려났다.

'뜨, 뜨겁다……!'

모든 것을 녹여 버릴 듯한 강렬한 화염은 온몸을 뜨겁게 만들었다.

[HP가 빠른 속도로 감소합니다.]
[HP가 90% 미만으로 하락합니다.]
[HP가 70% 미만으로 하락합니다.]

민혁은 프라이팬의 손잡이마저도 뜨거운 화염에 의해 달궈진 것을 느낄 수 있었다.

팔에 경련이 난 민혁이 손에 힘이 풀려 프라이팬을 놓칠 뻔했을 때.

"꾸울……!"

콩이가 좌측에서 프라이팬을 밀기 시작했다. 그리고 옆에 있던 밴은 그 우측에서 밀기 시작했다.

타타탓!

뒤로 밀려나던 그들이 전진하기 시작했다.

쏴아아아아!

기다란 꼬리를 물고 이어진 헬파이어는 아직 그 뜨거운 화염이 그칠 기미가 보이지 않았다.

그 거대한 화염을 뚫고 그들이 전진했다.

수화아아앗!

그리고 어느 순간, 화염이 잠잠해졌다.

'버텼다……!'

민혁이 안도의 한숨을 쉰 순간, 등 뒤에서 인기척이 느껴졌다.

밴이 서둘러 민혁의 앞을 막아섰다.

콰아아아아아앙!

대마도사 아필드가 빠르게 손을 휘둘렀다. 그리고 그의 마력으로 이루어진 커다란 검은 주먹이 밴을 강타했다.

"크흡!"

밴이 뒤쪽으로 날아갔다. 이어 아필드가 스태프를 휘두를 때마다 검은 주먹이 번쩍이며 나타나 민혁을 공격했다.

탱! 탱!

'빠라……!'

대마도사 아필드는 단순히 마법만 강한 게 아니었다. 근접전도 상당한 자였다.

수화아악!

곧이어 그가 오른손을 쫙 펼쳤다. 주변으로 생겨난 수십여 개의 불의 구가 그를 집중 공격 했다.

쾅쾅쾅쾅쾅쾅쾅쾅!

앞으로 나선 콩이가 빠르게 방어했다.

탱! 탱!

민혁도 프라이팬을 이용해 마법을 쳐냈다.

[마법 반사]
[마법 공격을 적에게 돌려줍니다.]

푸화앗!

[디스펠]
[마법 공격을 무효화시킵니다.]

대마도사 아필드는 자신에게 반사되어 오는 마법들을 모조리 소멸시켰다.

"성가신 아티팩트를 가지고 있구나."

민혁은 대답하지 않았다. 그저 프라이팬을 휘둘러 그를 위협했다.

"큭!"

뒤로 한 걸음 아필드가 물러났다.

민혁도 두 번 스텝을 밟아 뒤로 빠르게 물러나며 생각했다.

'빠르게 끝낸다……!'

그가 지면을 박찼다.

아필드는 그를 향해 바람의 칼날을 소환하는 윈드커터를 사용했다.

수화아앗! 수화아앗!

수십 개의 바람의 칼날이 민혁을 향해 날아갔다.

대마도사 아필드는 놈이 스텝이라는 성가신 능력을 사용해 피할 때 블링크로 따라잡아 사냥하자고 생각했다. 하지만 민혁은 그 예상을 벗어났다.

푸지익! 푸쉬익! 푸화악!

[HP가 50% 미만으로 하락합니다.]

[HP가 30% 미만으로 하락합니다.]

그의 몸 곳곳에서 피가 분수처럼 솟구쳤다. 칼날들이 민혁의 몸 곳곳을 찢어발겼기 때문! 하지만 그는 여전히 아필드를 향해 달리고 있었다.

'뭐, 뭣……!'

당혹한 아필드의 손가락 끝에서 강력한 마력이 총알처럼 튀어나갔다.

퓨 퓨퓨-

민혁의 몸 곳곳을 꿰뚫었다. 그리고 넝마가 된 민혁은 아필드의 어깨를 부여잡고 비틀거리고 있었다.

"크하하하하하!"

입에서 피를 주르륵 흘리며 몸을 가누지 못하는 그를 보며 아필드는 광소를 터뜨렸다. 그 순간.

수화아아악!

민혁의 몸을 밝은 빛이 휘감았다.

[딛고 일어서는 자]

[HP 1이 잔존하며 3초 동안 무적 상태가 됩니다.]

[3초 동안 모든 능력치가 30% 상승합니다.]

씨이이익-

입에서 피를 흘리는 민혁이 웃었다.

"……!"

아필드가 서둘러 그에게서 벗어나려 했다.

하지만 민혁은 어깨를 잡았던 손을 빠르게 움직여 멱살을 틀어잡았다. 그리고 빠르게 프라이팬을 등 뒤로 차고 검을 뽑아 들었다.

"비산하는 검."

어느덧 쿨타임이 끝난 비산하는 검.

풍풍풍풍풍풍!

오른손의 검이 아필드의 몸을 여섯 번 힘껏 찔렀다.

높은 물리 방어력과 마법 방어력을 가진 아필드인지라 충격을 감소시켰지만, 마지막 한 번이 결정적이었다.

[무형검]

[방어력을 무시하는 검.]

푸지익!

"꺼어억……!"

아필드는 자신의 복부를 관통한 검을 내려다봤다.

푸화앗!

빠르게 뽑아낸 민혁은 분노하는 검을 사용해 있는 힘을 다해 그의 명치에 검을 꽂아 넣었다.

"흐으으읍!"

[급소 찌르기에 성공하셨습니다.]
[100% 추가 대미지!]

가슴을 꿰뚫린 아필드의 눈이 크게 떠졌다.

"아, 안……!"

콰아아아아앙!

곧이어 그의 가슴이 폭발했다.

"크아아아아악!"

털썩.

그 순간, 용왕이 바닥에 쓰러지고 대마도사 아필드의 영혼이 허공으로 치솟아 올랐다.

비명을 지르는 대마도사 아필드의 영혼은 곧이어 잿더미가 되어 사르르 사라졌으며 그 영혼이 사라진 자리로 아티팩트와 스킬북이 떨어졌다.

민혁은 알림을 들을 수 있었다.

[레벨업 하셨습니다.]
[레벨업…….]

자그마치 22 레벨업을 해낸 순간이었다.

"으아아……."

민혁은 풀썩 쓰러져 내렸다.

그는 피자빵을 인벤토리에서 꺼내 먹었다. 그러자 흡수 전환에 따라 그의 몸이 빠른 속도로 회복되었다.

그때, 문이 열리며 한 존재가 뛰어 들어왔다. 바로 자라 인간, 라든이었다.

"캬리! 제빗!"

그는 제빗과 캬리를 보고 깜짝 놀랐다. 곧이어, 쓰러진 용왕님 또한 볼 수 있었다.

"요, 용왕님부터……!"

라든이 서둘러 용왕에게 다가갔다. 그리고 민혁은 제빗과 캬리에게 다가갔다.

"무, 무슨……!"

사실 제빗과 캬리는 민혁에 대해 잘 몰랐다.

곧 위급해 보이는 제빗의 몸에 민혁이 붕대 감기를 사용했다.

"붕대 감기!"

"그런 거로 이런 중상이 치료될 리가 없잖아!"

캬리는 황당한 표정이었다.

하지만 곧이어 제빗의 등을 휘어 감은 붕대를 민혁이 풀어낸 순간, 관통되었던 부위가 지혈되고 상처가 아물었다.

캬리와 제빗의 경우 신성력이 높은 존재들이었지만 그들은 치유 능력에 집중되지 아니한 존재들. 그러한 그들은 붕대 감기라는 신세계를 지금 맛본 거다.

"붕대 감기!"

민혁은 캬리에게 또 한 번 붕대 감기를 해줬다.

"고, 고마워……!"

캬리가 그를 보며 말하곤 어느 정도 기색을 차린 제빗과 함께 용왕에게 다가갔다.

"요, 용왕님!"

"일어나세요, 용왕님!"

두 토끼, 그리고 하나의 자라는 용왕의 앞에서 하염없이 눈물을 흘렸다.

그 모습을 본 민혁은 당혹했다.

'헉……! 요, 용왕님만이 그 특별한 대게를 주시는 거 아니야……?'

그 사실을 인지한 민혁은 안절부절못했다. 이러할 때 '대게,

대게가 먹고 싶어요, 용왕님'이라고 했다가는 예의가 아니지 않은가?

그때 용왕이 슬며시 눈을 떴다.

"……캬리, 제빗, 라든. 미안하구나. 쿨럭!"

그는 안색이 파리했다.

어느덧, 정신을 차린 밴이 다가왔다.

"소문에는 용왕은 대마도사 아필드와의 싸움에서 크나큰 중상을 입었다고 들었지, 그런 용왕은 대마도사 아필드를 몸에 품고 있었으니, 더 이상 버틸 기력이 없는 게야."

"……."

말을 마친 용왕이 천천히 고개를 돌렸다.

"용궁을…… 이 아이들을 구해줘서……고마."

하지만 그는 말을 잇지 못하고 고개를 떨궜다.

"용왕니이이이임!"

"흐흐흐흑!"

캬리와, 제빗, 라든이 소리 내어 울었다.

민혁은 용왕에게 서둘러 다가갔다. 그리고 품속에서 무언가를 빨리 꺼냈다.

그것은 다름 아닌 '전설의 화이트 초콜릿'.

화이트 초콜릿이 가진 힘. 바로 죽기 전에 이른 자, 혹은 죽은 자도 시간이 얼마 되지 않았다면 살릴 수 있다는 것으로 세상에 둘도 없는 값진 물건이다.

하지만 민혁은 용왕 그리고 용궁의 은인이 된다거나 하기 위해 이걸 사용하는 건 아니다.

'대게를 먹기 위해선……!'

또한, 민혁은 능력보다 맛을 중요시한다. 매일매일 초콜릿 나무에서 열리는 달콤한 열매가 전설의 초콜릿과 맛이 똑같았기에 별 욕심이 없었던 것이다.

"뭐 하는 거야……?"

"흐흐흑, 흑……?"

그들은 의아한 표정을 지었다.

곧이어 민혁은 주먹만 한 화이트 초콜릿을 용왕의 입으로 가져갔다.

용왕은 2m 50㎝의 장신이었다.

'그런데, 죽은 자를 살린다는 건 무슨 말이지?'

지금의 용왕도 이 초콜릿을 먹긴 매우 힘들어 보였다. 한데, 죽은 자도 살린다?

"무슨 짓이야, 용왕님 앞에서 감히……!"

캬리가 발끈 소리치려던 때, 놀라운 일이 벌어졌다.

허공에 두둥실 떠오른 화이트 초콜릿.

[전설의 화이트 초콜릿이 그 힘을 발현합니다.]

허공에서 화이트 초콜릿이 조금씩 녹아내리기 시작했다.

그리고 천천히 용왕의 입이 벌려지고 용왕의 입으로 녹아내리는 화이트 초콜릿이 떨어져 내렸다.

계속해서 쏟아지는 화이트 초콜릿을 보며 캬리와 제빗은 놀란 표정을 지었다.

"초, 초콜릿에서 믿을 수 없는 강한 힘이 느껴져……."

곧 허공에 떠오른 화이트 초콜릿이 차츰 그 크기가 줄어들기 시작했다.

어느덧 모든 초콜릿이 용왕의 입에 녹아 들어갔을 때였다.

[돌발 직업 퀘스트 '위기에 빠진 용궁'을 완료했습니다.]
[용왕의 대게를 용왕에게 받을 수 있습니다.]

민혁은 안도의 한숨을 쉬었다.

곧 천천히, 아주 천천히 용왕의 눈이 떠졌다. 그리고 파리했던 안색이 빠른 속도로 좋아지기 시작했다. 희게 변했던 메기의 수염 또한 검은빛으로 변하며 다시 예전의 모습으로, 예전처럼 강경한 모습의 용왕이 돌아왔다.

"용왕님!"

제빗이 먼저 용왕의 품에 안겨들었다. 그리고 캬리가 눈물을 훔쳐내며 활짝 웃었다.

"와아아아아!"

라든이 주먹을 꽉 쥐고 소리쳤다.

어느덧 쓰러졌던 용궁 내의 이들이 하나둘 일어서기 시작했다.

그리고 민혁은.

'대게가 대게 먹고 싶다고……! 그, 근데 지금 달라고 하면 안 될 것 같은 분위기다…….'

어서 빨리 이 훈훈한(?) 분위기가 끝나길 바라면서 민혁은 일단 대마도사 아필드가 드랍한 아티팩트를 주웠다.

[251,311,561골드를 획득합니다.]

[대마도사 아필드의 지팡이를 획득합니다.]

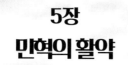

5장
민혁의 활약

깨어난 용왕은 지금까지 있던 모든 일에 대해 들을 수 있었다. 또한, 죽어가던 자신을 구한 정체 모를 이방인에 관한 이야기까지도 말이다.

왕좌에 앉아 있는 그는 한참이나 생각에 잠긴 듯싶었다.

"헤헤, 용왕님, 차 드세요!"

"오, 고맙구나. 캬리."

차를 건넨 캬리는 기쁜 듯 귀가 쫑긋거리고 둥글게 말린 꼬리가 씰룩거렸다.

곧 용왕이 말했다.

"캬리야."

"네, 용왕님."

"고대의 보물 상자를 가져오거라."

"……!"

그 말을 들은 캬리는 눈을 크게 뜰 수밖에 없었다.

고대의 보물 상자.

용궁에는 세 개의 뛰어난 아티팩트가 존재한다. 이는 같은 전설 등급이라고 할지라도 그를 훨씬 상회하는 놀라운 힘을 발현한다. 또한, 그 세 개의 아티팩트는 현재 캬리, 제빗, 라든 이 하나씩 가지고 있는데 이 세 개의 아티팩트가 들어 있던 것이 바로 고대의 보물 상자다.

이 고대의 보물 상자는 로베스 신이 내린 것이었고 수백 년 동안 마지막 남은 하나의 상자는 열리지 아니했다. 용왕의 아이들이 죽을 때마다 그들의 무기는 계승되어 왔기 때문이다.

"……정말 그 보물을 이방인에게 주어도 괜찮나요?"

"캬리야, 그는 우리 용궁, 너와 나, 제빗을 구하지 않았느냐?"

그에 캬리는 고개를 끄덕였다.

'고마운 사람, 고마운 남자.'

고개를 끄덕인 그가 깡충깡충 뛰어갔다.

그리고 얼마 후, 민혁이 안으로 들어오고 캬리가 고대의 보물 상자를 그에게 건넸다.

"열어보시게."

민혁이 천천히 고대의 보물 상자를 열어젖혔다.

용왕은 기대감 어린 표정을 지었다. 고대의 보물 상자가 열리는 순간이었다.

꽈드드드득-

정체 모를 소리와 함께 보물 상자에서 무언가가 솟아올랐다.

그것은 바로 그립이었다. 그와 연결된 투박해 보이는 두꺼운 검신을 보면 대검이 분명해 보였다.

민혁은 천천히 손을 뻗어 대검의 그립을 쥐었다.

그 순간 알림이 들렸다.

[고대 수룡 발라카의 대검을 획득합니다.]
[고대 수룡 발라카의 대검이 당신에게 귀속됩니다.]

용왕의 눈이 크게 떠졌다.

'저, 저 그립 부분은 분명……'

고대의 보물 상자에서 나오는 것은 랜덤이었다.

그런데 용왕은 한눈에 그 아이템을 알아볼 수 있었다. 저 그립은 자신의 기억이 맞는다면 고대 수룡의 것이다.

고대 수룡.

용궁은 수룡을 로베스 신의 대행자라고 여긴다, 쉽게 표현하면 이필립스 제국이 피닉스를 섬기는 것과 비슷했다.

그러한 수룡 중에서도 역사상 가장 뛰어났던 수룡 발라카가 존재했는데, 저 그립에서 느껴지는 힘은 그 발라카의 힘이 분명해 보였다.

"확인해 보았는가?"

"아직입니다."

용왕은 손을 들어 권유했다.

민혁은 확인을 시작했다.

(고대 수룡 발라카의 대검)

등급: 전설

제한: 민혁 귀속 아티팩트

내구도: ∞/∞

공격력: 732

특수 능력:

- 힘+10%, 민첩+10%
- 패시브 스킬 대검 상급 마스터리 5레벨까지 상승
- 공격 성공 시 15% 확률로 상태 이상 호흡 곤란
- 공격 실패 확률 50% 미만 감소
- 스킬 아티팩트 아공간

설명: 고대 수룡 발라카의 뼈와 아다만티움이라는 신의 광물로 이루어진 대검으로, 신들의 세상에서도 명검으로 불린다.

'……고, 공격력이 말도 안 되는 수준인데?'

맛있는 게 아니면 잘 놀라지 않는 민혁이었지만 그도 이것엔 크게 놀랐다.

일단 공격력이 732이다. 루마드의 마귀대검보다도 높은 수준이었다. 또한, 대검 상급 마스터리 5레벨까지 상승.

손을 뻗은 민혁은 힘껏 대검을 들어 올렸다.

[대검 상급 마스터리가 5레벨까지 적용됩니다.]

[거대한 대검이 일반 검을 착용한 것보다 더 가볍게 느껴집니다.]

[공격력이 12% 상승합니다.]

상급 마스터리는 결코 쉽게 올릴 수 있는 패시브 스킬이 아니었다.

보통의 유저를 두고 봤을 때, 1레벨에서 400레벨까지 한 가지 무기만을 고집한다면 상급의 3~6 사이 레벨을 웃돌고 누구보다 특출나게 사용한다면 마스터할 수 있다. 한데, 단숨에 상급 마스터리까지 올라간 것이다.

대검을 들어 올린 민혁은 힘껏 휘둘러 봤다.

수우우웅!

'가볍다……!'

놀라울 만큼 가볍다. 심지어 엘레의 검보다도 말이다.

거기에 직격 시 15% 확률로 호흡 곤란. 이는 상당히 유용해 보였다.

이유는 간단하다, 싸움에서 적에게 갑작스럽게 호흡이 막히는 증상을 느끼게 할 수 있기 때문.

100m 달리기를 한 후에 코와 입을 막고 조금만 참으려고 해도 무척이나 힘들어진다. 한데, 전투 중에 일시적으로 몇 초간 호흡 곤란 상태에 빠진다면 집중해야 할 전투에서 그 집중력을 흐트러뜨릴 수 있다.

그리고 아티팩트 아공간. 즉, 대검을 원할 때 소환하고 원하지 않을 때 아공간에 집어넣을 수 있다는 거다.

민혁은 엘레의 검을 빼 들었다.

'발렌 교관님, 서운해하지 마세요.'

처음 허수아비 훈련소에서 발렌에게 얻었던 발란의 검. 그는 엘레의 식칼의 장착을 해제했다.

수화아악!

발란의 검과 엘레의 식칼이 완전히 분리되었다.

그 상태에서 민혁은 엘레의 식칼을 발라카 대검에 가져갔다.

[엘레의 식칼을 장착하시겠습니까?]

"네."

꾸물거리는 엘레의 식칼이 발라카 대검에 착 달라붙었다.

곧이어 아무것도 없던 투박해 보이던 검신에 피닉스의 문양이 각인되었다.

"신기하군."

용왕이 흥미롭다는 표정을 지었다.

민혁은 발란의 검을 인벤토리 안에 고이 잘 넣어두었다.

'이건 보관해야지.'

따로 팔진 않을 생각이다.

그리고 본론으로 넘어갔다.

"대게, 대게가 먹고 싶…… 아니, 또 다른 보상으로 대게를 얻을 수 있다고 했는데요!"

"……음?"

민혁의 말에 용왕은 그게 무슨 소리냐는 듯 미간을 좁혔다.

'대게라면 있긴 하지.'

한데, 그 대게는 자신이 나중에 식신이라는 자가 돌아오면 주기 위해 마법을 걸어두고 봉인 중이었다.

"그 보상으로 분명히 용왕의 대게를 준다고 했습니다. 용왕님!"

민혁은 밝게 웃으며 다시 한번 요구했다.

그 말을 들은 용왕은 혹시나 하는 마음에 민혁에게 물었다.

"자네 직업이……"

"식신입니다."

"……!"

그 대답에 제빗도, 캬리도, 용왕조차도 눈을 크게 떴다.

과거 용궁을 구했던 전설적인 영웅.

'그의 후예가 온 것이로구나.'

운명이란 이런 것일까? 오래전, 식신이 구했던 세상을 또 한 번 새로운 식신이 구해냈다.

용왕은 고개를 끄덕였다.

그의 손이 휘리릭 움직이고, 공간이 찢어지며 그 안에서 아주 단단하고 살이 실해 보이는 대게 두 마리가 나타났다.

[용왕의 대게 2개를 획득합니다.]

"수백만 마리 중 딱 두 마리의 가장 좋은 대게를 엄선하였다네, 당연히 말할 수 없을 정도로 맛있네, 아쉽게도 특별한 능력은 없지만 말일세."

"넵, 감사합니다!"

기쁨에 겨워 민혁의 입가가 씰룩였다.

그러다 민혁이 말했다.

"참, 혹시 공청 석유가 있는 곳을 아시나요?"

그 말에 용왕이 허허하고 웃었다.

"자네, 용궁 뿌리를 뽑아달라고 그러지 그래?"

물론 용왕은 농담으로 한 말이었다.

그리고 민혁은.

'어라? 어디서 들어본 것 같은 말인데?'

갑자기 로이나 교관님과 알콩달콩하고 계실 발렌 교관님이 생각났다.

캬리는 민혁에게 공청 석유가 있는 곳을 안내했다. 공청 석유는 용궁과 꽤 가까운 위치에 있었는데, 땅속으로 들어가는 좁은 통로를 지나자 존재했다.

민혁은 곧 볼 수 있었다. 어두컴컴한 동굴 안에 작은 웅덩이가 존재했는데, 그 작은 웅덩이로는 한 방울씩 흐르는 검은색 물이 있었다. 또한, 검은색 물은 탄산을 터뜨리고 있었다.

'서, 설마⋯⋯!'

그는 서둘러 다가갔다. 그리고 국자를 이용해 유리컵에 공청 석유를 따랐다.

'⋯⋯차, 차가워!'

마치 냉동고에 넣어놓았던 것만큼이나 차가웠다. 손이 저릿저릿했다.

민혁은 천천히 입가로 가져갔다.

벌컥벌컥!

'⋯⋯이, 이 맛은!'

민혁은 알 수 있었다. 공청 석유는 탄산수. 그리고 콜라였던 것.

"캬하! 역시 콜라는 코카지!"

단숨에 들이킨 민혁은 유리잔과 공청 석유를 번갈아 보았다. 어찌나 시원하던지, 목이 타들어 갈 듯 따가웠지만, 그 청량감에 원샷해 버렸다.

그러자 알림이 울렸다.

[공청 석유를 드셨습니다.]
[힘 25, 민첩 30을 획득합니다.]

공청 석유 또한 명약이었다.

민혁은 또 한 번 잔에 받아 들이켰다.

꿀꺽꿀꺽-

다시 한번 들이켜고 '캬!' 하고 감탄했다.

그때 캬리가 말했다.

"고마워."

"음?"

감탄사를 터뜨렸던 민혁은 그녀를 돌아보았다. 토끼인 캬리의 귀 한쪽이 접혀 있었고, 민망함에 그녀의 둥그런 꼬리가 이리저리 움직이고 있었다.

사실, 그녀는 방어술과 검술만을 배워와 남자라는 생물에 익숙하지 않았다. 하지만 그는 인간임에도 불구하고 호감이 크게 생겼다.

"우리 용궁은 너를 영원히 잊지 않을 거야."

"……그래."

민혁은 고개를 끄덕였다.

"이제 어디로 가?"

"이필립스 제국의 황궁."

엘레는 민혁에게 이필립스 제국 황궁으로 가는 귀환석을 수북하게 챙겨줬었다.

캬리는 고개를 끄덕였다.

보로토에게 주기로 했던 공청 석유까지 모두 챙긴 후, 민혁은 뱀과 함께 빛이 되어 사라졌다.

캬리는 그가 사라진 자리를 바라봤다.

그들은 정황상 토끼의 간을 이 앞의 청년이 먹었다는 걸 알 수 있었다. 하지만 제빗은 고개를 끄덕이며 말했다.

'신의 보물이 주인을 찾았네?'

그리고 용왕님은 말씀하셨다.

'새로운 대륙의 전설이 이 용궁까지도 들려올 것 같구나.'

캬리는 작게 웃음 지었다.

민혁은 이필립스 제국으로 돌아오자마자 곧바로 엘레를 만날 수 있었다. 엘레에게 요리를 해준 후에는 다시 발키리 왕국으로 돌아갈 예정이었다.

"돌아왔구나."

"저 왔어요. 누나!"

엘레는 상당히 상기된 표정이었다.

민혁은 그 자리에서 바로 광어와 우럭을 회 뜨기 시작했다. 한 점, 한 점. 하얀 접시 위로 놓이는 회는 곧 엘레가 보기에 무척 익숙한 모습이 되었다. 바로 피닉스였다.

피닉스의 모양으로 회를 놓은 민혁. 그는 당연히 매운탕 재료도 따로 빼두었다.

"세팅 좀 하고요."

민혁은 상추와 깻잎을 세팅했다. 그다음 초장과 간장, 고추냉이 장, 쌈장과 마늘. 추가로 낙지도 올렸다.

"자, 먹어볼까?"

"저도 같이 먹어도 되지요?"

"물론."

엘레는 고개를 끄덕였다. 민혁이 꽤 많은 양을 했기 때문이다.

민혁은 먼저 회 세 점을 듬뿍 들어 올렸다.

"히야……."

투명한 빛을 띠는 척 보기에도 맛있어 보이는 녀석들.

역시 처음은 그냥 먹어본다.

우물우물-

씹을 때마다 쫄깃하다고 느껴진다. 또한, 씹을수록 계속해서 더 고소하고 담백한 맛이 물씬 났다.

그리고 또 세 점을 한 번에 들어 올렸다.

이번엔 초장에 듬뿍 찍어서 먹어봤다. 달콤새콤한 초장과 회가 만나 밋밋한 맛을 잡아줬다.

그다음엔, 간장 고추냉이. 간장 고추냉이는 짭조름한 맛으로 회의 맛을 더 살려주는 것 같았다.

"자, 보자."

민혁은 이번엔 깻잎을 집어 들었다.

깻잎 위로 살점을 튼실하게 올리고 그 위로 쌈장을 마늘에 발라 듬뿍 퍼서 올렸다. 그 위로 조금 매운 고추 하나를 함께 올려준다.

그리고 입으로 넣어준다.

"흐하핫, 회 맛있엉!"

민혁의 입가에 절로 미소가 감돌았다.

입안에서 향긋한 깻잎의 향이 지나가고 난 다음에는 그 안의 마늘과 조금 매운 고추, 쌈장, 회가 어우러진다. 조금 매운 맛에 입이 화끈거리기도 했지만 괜찮았다.

그러다가 서비스 식으로 넣은 낙지를 집어 올린다.

젓가락에 집혀서도 꾸물거리는 낙지! 그냥 입에 넣어봤다. 입에 달라붙는 녀석은 씹을 때마다 오도독- 오도독- 하다가, 목 뒤로 넘길 때쯤엔 말랑해지는 기분이었다.

그렇게 둘은 회를 함께 먹어치웠다.

"후……"

엘레는 눈을 감고 작은 미소를 머금었다. 추억 속의 그 맛이 다시 살아나고 있었기 때문.

눈을 떴을 때, 그녀는 이채를 띠었다.

"오?"

어느덧 부글부글 끓고 있는 매운탕 위로 민혁이 라면 사리 봉지를 까고 있었다.

"라면 사리는 항상 옳죠?"

"그러엄~"

민혁이 씨이익 웃으며 매운탕에 라면 사리를 넣었다. 거기에 손수 뜬 수제비도 뜯어서 넣었다. 부글부글 끓어가는 매운탕!

먼저 엘레가 한 입 맛봤다.

"아직, 아직 더 끓어야 해."

"넵!"

매운탕이란 자고로 오래 끓일수록 맛이 살아난다. 특히나, 라면 사리를 넣은 지 얼마 안 되었기에 라면에서 나오는 전분이 국물을 더 진하게 만들어줄 것이었다.

곧 엘레가 한 입 맛보고는 끄덕였다.

"다 됐구나."

"오."

엘레가 먼저 젓가락으로 크게 라면 사리를 폈다. 민혁도 라면 사리를 크게 푼 후에, 국자로 그 뜨거운 국물을 가득 담았다.

민혁의 그릇 안에는 미나리, 쑥갓, 라면 사리, 그리고 광어의 뼈 살코기가 붙어 있었다.

면을 들어 후! 후! 분 후에 후루루릅- 입에 넣었다.

"커허, 역시 라면 사리는 진리라니까요."

그다음 국물을 한 수저 떠먹어 봤다. 감탄이 절로 나왔다. 국물 맛이 딱 맞다. 여기서 더 끓이면 짜질 것이다.

민혁은 가스 불을 끄고 나서 라면 사리를 먹어치우고 뼈에 붙은 살점들을 하나하나 분리해 먹었다. 거기에 빠질 수 없는 공깃밥과 매운탕 국물을 함께 먹으며 다소 부족했던 양을 채워냈다.

엘레도 자그마치 밥 두 공기를 뚝딱 비워낸 참이었다. 그녀는 기분 좋은지 빙그레 웃고 있었다.

그리고 민혁에게 퀘스트 완료 알림이 울렸다.

[연계 퀘스트 '엘레에게 우럭회 요리해 주기'를 완료했습니다.]
[엘레의 검술을 익힐 수 있게 됩니다.]
[고대의 요리 재료를 얻을 수 있게 됩니다.]

알림이 울리고 나자 뒤쪽에 대기하고 있던 루스가 움직였다. 그는 민혁의 앞으로 스킬북 하나와 작은 상자 하나를 건네 줬다.

상자에서 요리 재료를 확인하려다 민혁은 아차 했다.

'열쇠가 없는데?'

"내가 그럴 줄 알았지, 내 검술보다 먹을 걸 먼저 보려고 할 줄."

엘레가 손을 들어 열쇠를 흔들며 능글맞게 웃었다. 민혁의 조련에(?) 능숙해진 거다.

민혁은 입을 삐죽 내밀고 스킬북에 손을 뻗었다.

사실 민혁은 이미 발렌 왕에 의해 한 단계 더 스킬을 강화시켰다. 여기에서 추가로 한 번 더 강화가 되는 셈.

저번과 다른 점은, 저번엔 엘레가 직접 가르쳤다면 이번은 스킬북 형태라는 거다.

민혁은 습득 전에 확인하고 안도의 한숨을 쉬었다.

'제한이 없다.'

민혁은 본래 직업상 스킬북으로 스킬을 익히지 못하지만, 이 스킬은 무형검 스킬북처럼 그 제한을 무시했다.

"습득한다."

그와 함께 스킬북이 민혁의 몸속으로 붉은 기류가 되어 주변을 맴돌다 빨려 들어왔다.

쏴아아아아아–

[엘레의 검술의 장이 추가됩니다.]

[피어나는 검을 익히셨습니다.]

[전방 8m의 적을 땅에서 무차별적으로 솟아난 검이 공격하며 관통 시 폭발을 일으켜 70% 추가 대미지를 입힙니다.]

[갈라내는 검을 익히셨습니다.]

[적을 향해 날리는 강력한 붉은 검기에 추가 공격력 110%가 추가됩니다.]

두 개의 공격 스킬이 추가되었다.

피어나는 검은 말 그대로 광역 스킬이다. 그리고 갈라내는 검은 강력한 검기를 쏘아 보내는 힘.

'110%의 공격력 추가라…….'

또한, 군이 적과 근접하지 않아도 된다는 메리트가 있었다.

스킬을 익힌 후에 민혁은 엘레가 건네준 열쇠를 건네받고는 설레는 마음으로 상자를 열어젖혔다. 그러자 시큼하면서도 입맛을 돋우는 냄새가 코끝을 찔렀다.

안에 들어 있는 건 오래되어 보이는 나무 주전자였다.

민혁이 주전자를 잡는 순간이었다.

[고대의 요플레를 획득합니다.]

[고대의 요플레는 나무 주전자 안에서 5L를 얻을 수 있습니다.]

알림을 들은 민혁은 눈을 크게 떴다.

요플레.

시큼한 맛을 내는 요플레는 발효시킨 요구르트이다. 이 요플레에 딸기나 파인애플 같은 각종 과일, 꿀 등을 넣으면 다양한 맛의 요플레를 만들 수 있다.

"오래전에 이필립스 제국에선 놀라운 요플레를 만들어내는 장인이 존재했어. 그 맛이 어찌나 뛰어났던지, 당시의 황제께서도 그 장인을 아꼈다고 했을 정도이지. 그는 후손을 위해 마지막 요플레를 만들었고 오랜 시간이 지나도 상하지 않는 최고의 요플레를 만들고 죽었다고 해. 또한, 이 주전자는 크기와 무게는 이래 보여도 많은 양의 요플레를 담을 수 있어."

"와⋯⋯."

민혁은 감탄했다.

이 고대의 요플레로 해 먹을 수 있는 무궁무진한 먹거리를 떠올리니 기분이 절로 좋아졌다.

민혁은 잔 하나를 꺼내서 주전자 안의 요플레를 따랐다. 하얀 요플레가 진득함을 보이며 투명한 유리잔 안에 담겼다.

민혁은 수저로 한 입 떠먹어 봤다.

'와⋯⋯.'

놀라운 일이었다. 오랜 시간 숙성된 요플레는 신맛보다는 단맛이 났다.

하지만 알림은 울리지 않았다. 이 요플레는 어떠한 힘도 품지 않고 있었기에.

그렇지만 민혁은 만족했다. 너무도 맛있었기 때문이다.

"이제 돌아가니?"

"네, 발키리 왕국으로 가봐야 할 것 같아요."

"그래."

엘레는 고개를 끄덕였다.

곧 그가 빛이 되어 사라졌다.

발키리 왕국의 수도에는 어느덧 많은 유저들이 오게 되었다. 토벌대, 용병, 혹은 다양한 사람들이 퀘스트 등을 통해 발키리 왕국에 오게 되었고, 그 외에 아테네 공식 홈페이지에 가는 방법이 오픈되어 유저들로 북적거리게 된 거다.

그리고 많은 유저들은 의아해졌다. 왕국 기사단과 병사들이 분주하게 움직이기 시작했기 때문이다.

"이야기 들었지? 오늘 레전드 길드가 영토와 작위를 하사받는 날이래, 지금 프라이팬 살인마가 돌아오고 있어서 병력과 기사단이 맞을 준비를 하고 있다던데."

"헉……! 일개 유저를 맞이하려고 기다린다고?"

"일개 유저가 아니지, 프라이팬 살인마는 북부 대륙의 영웅 아니냐?"

"짱이다. 왕이 일개 이방인을 맞이하려고 준비한다니."

꽤 많은 사람에게 프라이팬 살인마는 유명 인사가 되어 있었다.

그리고 레전드 길드의 길드원들이 성 앞에 집결했다.

그중 지니와 칸이 이야기를 나누고 있었다.

"……커피를 잘 타는 노인을 가신으로 한다고?"

"응…….."

"이거 설득해 봐야 하는 거 아니야?"

"그, 그러겠지?"

민혁은 다시 귓속말이 되지 않고 있었다. 아마 맛있는 무언가를 먹고 있는 중인 것 같다. 민혁이는 뭘 먹거나 할 때는 귓속말을 자주 꺼놓았으니.

"이따가 쟌크가 작위 하사식 끝나고 임시 아지트로 온다고 했으니까, 그때 설득하면 될 것 같아."

쟌크는 그동안 그들이 친밀도를 극도로 끌어올린 천명의 창술사 NPC였다.

그때였다. 유저들이 웅성거리기 시작했다.

"바, 발렌 왕이 뛰어가는데?"

"헉?"

레전드 길드원들의 고개도 돌아갔다.

발렌 왕의 얼굴이 밝아지더니 그가 갑자기 과거의 첫사랑을 만나듯 수하들도 내팽개치고 뛰고 있었기 때문이다.

그곳에는 한 사내가 있었는데, 그는 요플레 뚜껑을 핥고 있었다. 다름 아닌 딸기 맛 요플레였다.

전부 핥아 먹은 후에는 갑자기 붓과 요플레가 담긴 통을 꺼내 뚜껑에 발라 핥아 먹기 시작했다.

"역시 요플레는 뚜껑에 발라 먹어야 맛있지."

유저들은 말문을 잃었다.

그러면서 말했다.

"근데 프라이팬 살인마는 어딨지?"

"그러게? 저 사람은 코스프레 유저인 것 같고."

"근데 요플레 진짜 맛있게 먹는다……."

사람들은 주변을 두리번거렸다.

그때, 발렌이 그 사내의 앞에 당도했다.

"이제야 왔는가? 우리 발키리 왕국의 영웅!!"

발렌은 그를 단숨에 알아봤다. 이런 식으로 요플레를 먹을 이는 그밖에 없기 때문! 아무리 코스프레 유저가 많아도 진짜 민혁은 아무도 흉내 낼 수 없었다!

곧이어 레전드 길드와 기사들, 왕은 왕국 안으로 들어갔다.

"……요플레 뚜껑을 핥아 먹는 사람이 프라이팬 살인마였다니."

"그런 말 있잖아요."

"어떤 말이요?"

"부자들도 요플레는 뚜껑부터 핥아 먹는다."

[자작 작위를 하사받으셨습니다.]

[세 명의 가신을 부릴 수 있게 되며 가신은 퀘스트, 혹은 부여받은 영지 내에서 찾을 수 있습니다.]

[명성 300을 획득합니다.]

[최초로 북부 대륙에서 귀족 작위를 하사받은 유저가 되셨습니다.]

[2주일 동안 경험치, 아이템 드랍률이 2배 상승합니다.]
[바할라 영토가 레전드 길드의 거점지로 등록됩니다.]
[바할라 영토에서 세금을 걷을 수 있습니다.]
[바할라 영토의 규모를 확장시킬 시 혜택을 받습니다.]

모든 것을 하사받은 민혁은 여전히 요플레 뚜껑을 핥아 먹으며 레전드 길드원들과 걸음을 옮겼다. 그러다가 아차 하며 말했다.

"지니랑 칸 거 요리 재료 못 구했어. 미안."

그 말에 지니와 칸이 고개를 저었다.

"괜찮아~"

"뭘 그런 걸 가지고."

"민혁이 네가 편하면 해주는 거지, 네가 맛있는 거 먹고 다니고 싶으면 그래도 돼, 영지 운영도 우리가 알아서 할 테니 걱정하지 마."

그들은 민혁의 편의를 최대한 봐주려고 했다.

사실 오늘 타임 어택 던전이 끝난다. 그리고 여전히 블랙스완 길드는 1위를 지키고 있었다.

칸과 로크, 지니가 아무리 애를 써도 1시간의 문턱을 넘지 못하고 있었다. 만약 오늘 민혁의 버프 요리를 먹었으면 달라졌을지도 모르지만, 그들은 다음을 기약하자고 생각하고 있었다.

그러면서도 그들은 오늘 하루 배당된 다섯 번의 공략 시도 중 두 번을 시도하고 왔다. 가신 이야기가 끝나면 곧바로 타임어택 던전으로 가서 최대한 다른 나라와의 격차를 좁히기 위해 노력할 생각이었다.

왕궁 밖으로 나온 그들에게 밖에서 기다리고 있던 한 노인이 다가왔다.

"허허, 우리 민혁이, 요플레 아직도 먹고 있나?"

"넵, 제가 드린 돈으로 말했던 거 사 오셨어요?"

"그럼, 사 오고말고."

밴은 기세등등하게 '노인도 쉽게 배우는 바리스타' 책을 사 왔다.

그런 노인 밴을 보는 길드원들은 의아했다.

"지니 누나, 설마 저 노인이 우리 영지의 첫 번째 가신은 아니지……?"

에이스의 말이었다.

"민혁이가 잘 몰라서 그러는 걸 수도 있으니까, 한번 말해봐야지."

사실 지니가 민혁을 설득하는 것도 자신들을 위해서만은 아니다. 가신은 민혁에게 아주 중요했다. 또한, 먹자 인생을 꿈꾸는 민혁에게 더욱더 강하고 힘이 되는 가신이 있다면 한결 수월해질 것을 그들은 알았다.

그리고 노인 밴은……

"어이구 잘 먹는다, 어이구 잘 먹는다! 허허허!"

마치 손주를 보듯 민혁을 보고 있었는데, 눈에서 하트가 쏟아져 나왔다.

그러던 중, 에이스가 노인의 등에 걸린 창을 발견했다.

"저 사람도 창술사인가 봐."

"그러게."

그들이 어느덧 길드의 임시 아지트에 도착했다.

임시 아지트에 도착하자 민혁이 말했다.

"밴 어르신. 저희 길드원들한테 커피 한 잔씩 타주세요. 어르신의 실력을 보여주시죠!"

"그럼 내가 한번 보여주지! 허허!"

에이스는 그를 유심히 관찰했다.

이윽고 레전드 길드원 열여덟 명이 둥글게 둘러앉아 이야기를 시작했다.

노인 밴은 갑자기 식당에서 쓰는 커다란 보온 통을 쿵 하고 내려놨다. 그리고 그곳에 뜨거운 물을 콸콸콸- 부었다.

'종이컵에 믹스커피 하나씩 타주려는 건가? 난 아이스 코코아가 좋은데.'

보온 통은 약 20L를 수용할 대형 크기였다.

그런데 이변이 일어났다. 노인 밴이 믹스커피를 모조리 까서 보온 통 안에 쏟아부은 것이다.

"크, 크로우. 저 저, 할배…… 이, 이상해……!"

"응?"

에이스가 크로우를 툭툭 치며 한 말이었다.

그의 고개가 돌아갔다.

"컥……!"

길드원들이 말문을 잃었다.

그는 백 개가 넘는 믹스커피를 넣더니, 국자로 잘 저었다. 그리고 종이컵 하나에 담은 후 민혁에게 건네줬다.

한 모금 홀짝인 민혁이 감탄했다.

"크, 커피 이제 잘 타시네요!"

그리고 칸이 중얼거렸다.

"노, 노인분께서…… 민혁화되셨어……."

"어, 응……."

세상에! 보온 통에 커피믹스 수백 개를 때려 붓다니!

"저도 커피 한 잔만……."

"자네가 갖다 먹지, 손이 없나, 발이 없나? 이 늙은이한테 가져다 달라고 시키다니!"

심지어 민혁화(?)된 노인 밴은 다른 이들에겐 한없이 차갑고 깐깐했다. 그러면서 민혁에겐.

"한 잔 더 타줄까?"

"한 오십 잔은 마셔줘야, 아침에 티타임 좀 즐겼다 하는 거죠!"

"역시 그렇지."

두 사람을 보며 길드원들은 멋쩍게 웃을 뿐이었다.

그렇게 그들이 커피를 마시던 중, 지니는 가신에 관한 이야기를 꺼내기로 했다.

"민혁아, 너 혹시 저분 어떻게 알게 됐어?"

"바다에서 낚시하는 분인데, 어쩌다 보니, 자기가 꼭 영원히 나와 함께 있고 싶다고 해서서."

그 말에 지니는 고개를 끄덕였다.

'마음 약한 민혁이가 노인분을 부양(?)한 건가. 아무리 그래도 NPC인데.'

지니는 작은 한숨을 쉬고는 칸과 로크에게 턱짓했다.

그들이 함께 밖으로 나왔다.

"그냥 저 노인분 가신으로 받아들이자."

"역시 그렇지?"

칸도 쓰게 웃었다.

민혁이 저 노인의 커피 타는 솜씨를 참 좋아하는 것 같다.

저 노인이 첫 번째 가신이라는 게 조금 아쉽긴 했지만 어쩔 수 없는 일 아니겠는가? 현재 민혁이 세 명의 가신만 부릴 수 있다는 걸 생각했을 때, 노인으로 한 자리를 채우는 게 꺼림칙했지만 남은 두 자리를 강자들로 채우면 될 것이다.

바로 그때, 천명의 창술사 중 한 명인 쟌크가 도착했다.

"자작 님은 오셨습니까?"

"아, 네. 오셨어요."

"자작님께 제가 말씀드렸던 일을 부탁드리면 되는 건가요?"

"아직 그 이야기 안 꺼냈는데……."

두 번째 가신이 될 사람에 관한 이야기를 아직 민혁에게 꺼내지 않은 참이었다. 하지만 쟌크를 이대로 돌려보냈다가는 친밀도가 하락할지도 모른다.

잠시 고민하던 지니는 일단 인사만 시키자고 생각했다.

"네, 안에 자작님 계시니, 인사부터 하시죠."

"알겠습니다."

쟌크가 고개를 끄덕였다.

그는 서른 초반의 건장해 보이는 사내다. 레벨이 지니보다 조금 높은 수준일 정도. 뒷모습이 한없이 든든했다.

그와 함께 걸어 들어가던 중, 쟌크가 갑자기 한 걸음 뒤로 물러섰다.

"아아……."

그의 온몸이 파들파들 떨렸다. 쟌크의 시선은 커피를 타서 민혁에게 건네는 밴에게 향해 있었다.

뒷걸음질 치던 쟌크는 곧이어 상체를 90도로 숙여 외쳤다.

"천명의 창술사 쟌크. 대륙의 전설, 귀신창 밴에게 인사 올립니다!"

아직도 모든 길드원이 다소 이해하지 못하는 표정으로 고개를 갸웃거렸다.

그때, 노인 밴이 말했다.

"많이 컸구나, 쟌크. 천명의 창술사가 되었다는 말은 들었다.

그래서 그런지 네 머리가 너무 높은 곳에 있구나."

그 말에 길드원들의 눈이 휘둥그레 커졌다.

그리고 쟌크는 지체하지 않았다.

쿠우우우웅!

그는 무릎을 꿇은 후 서둘러 절했다.

"천명의 창술사 쟌크! 다시 한번 제대로 인사 올립니다. 대륙의 전설, 모든 창술사들의 아버지이신 귀신창 밴을 뵙사옵니다!"

"이제야 예의 좀 차릴 줄 아는구나."

그때 민혁이 말했다.

"어르신. 다른 사람한테 저렇게 하는 건 실례입니다. 어서 일으켜 세우세요."

그 말에 밴이 허허 웃으며 머리를 긁었다.

"이런 내가 주책이었군, 자네 일어서시게."

"예? 아, 아닙니다……!"

"일. 어. 서."

벌떡!

쟌크가 귀신같이 일어섰다.

그가 일어서자 노인 밴이 허허 웃으며 민혁에게 말했다.

"일어서게 했네, 됐나?"

그것은 '나 잘했지? 칭찬해 줘!' 같았다.

"아이구, 잘~ 하~ 셨네요~"

"허허허, 고맙네."

노인 밴이 허허 웃으며 민혁과 이야기를 하는 모습을 보던 크로우는 무언가 중얼거렸다.

"밴…… 밴…… 어디서 들어봤지…… 귀신창 밴……."

크로우는 그 익숙한 이름을 계속해서 곱씹고 있었다. 그리고 쟌크의 반응을 생각했다.

곧이어 벌떡 하고 몸을 일으킨 크로우가 외쳤다.

"우로보로스 사냥꾼 밴……!"

우로보로스는 거대한 뱀으로, 실제 크기는 드래곤과 흡사할 정도다. 또한, 약 500레벨의 몬스터로 전설급에 속한다.

크로우의 직업은 창술사였기에, 그는 자신을 전설 직업으로 전직시켜 준 NPC에게 밴에 관한 이야기를 들었었다.

'정말 당신은 대단한 창술사입니다.'

'크로우. 내 위에 더 뛰어난 창술사가 있다면 믿겠나?'

'……?'

'과거에 한 마을을 집어삼켰던 우로보르스를 사냥한 귀신창 밴이라는 존재가 있었지.'

"왜 그래, 크로우? 저 노인이 누군데?"

지니는 이해할 수 없었다. 쟌크도 그렇고 크로우의 반응도 그렇고.

곧 크로우가 말했다.

"그냥 전설 같은 사람이야, 대륙 천명의 창술사, 또는 백 명의 창술사들도 저 노인 앞에선 어린아이와 같아, 지니."

크로우의 고개가 돌아갔다.

"우린 어쩌면 지금 말도 안 되는 가신을 둔 것일지도 몰라."

지니가 놀란 표정으로 고개를 돌렸다.

"우로보로스 잡았었어요?"

"잡았었지."

"그거 어디 갔어요?"

"해체해서 팔았다네."

"뱀술 만들면 맛있었을 텐데……!"

"내가 그 생각을 못 했군! 지금 한 마리 잡아 올까?"

좀 이상한데, 저 사람이 현존하는 최고의 가신이란다.

미국 블랙스완 길드. 미국에서 길드 랭킹 3위에 빛나는 블랙스완 길드가 타임 어택 던전 시간 45분을 돌파하면서 세계의 관심을 사고 있었다.

특히나, 이번 타임 어택 던전은 아테네 세계 곳곳에 생겨났는데, 입장 조건은 '무조건 세 명 입장 가능'과 '5회 입장 가능'이었다. 그리고 클리어 시간과 딜량, 피해량, 등 다양한 것이

합산되어 등급이 나타난다.

현재 블랙스완은 최초로 S등급을 달성한 길드였다.

"궁금한 게 있습니다. 마이클 씨."

기자들에게 둘러싸인 마이클. 그는 바로 바베카 신의 아이 줄리안이었다. 여자 이름과 흡사하지만, 백인 남성이다.

"사실 신성력을 올리는 방법이 무수히 많다고 들었습니다. 하지만 그 한계도 명확하다고요. 그런데, 어떻게 마이클 씨께서는 1,500의 높은 신성력을 보유하실 수 있게 되었나요?"

그 물음에 마이클은 쓰게 웃으며 말했다.

"바베카 신을 위한 다양한 수행을 완수했습니다."

"수행이라……. 들기론 그 수행 정도가 정말 끔찍하다고 들었는데, 사실인가요?"

신을 섬기는 수행을 하고 그를 통해 신성력을 올리는 건 사람이 할 짓이 아니라는 것은 모든 기자가 알고 있는 사실이었다.

"맞습니다. 하루에 1천 번 바베카 신을 향한 절하기, 게임 안에서 한 달이 넘는 시간 동안 묵언 수행하기, 바베카 교에서 주어지는 딱딱한 빵과 포도주만으로 생활하기, 몬스터 사냥하지 않기, 5일 동안 자지 아니하고 바베카 신께 기도드리기 등이 있지요."

"있다…… 그 말은 했다는 말 아닙니까?"

마이클은 그에 웃음으로 답했다.

촷촷촷촷촷촷촷촷!

카메라 플래시가 쉴 새 없이 터졌다.

기자들은 말문을 잇지 못했다. 마이클의 성격상 묵언 수행을 한 달만 한 게 아닐 것이다. 어쩌면 게임 시작과 동시에, 바베카교의 아이가 된 순간부터 게임 안에서 말을 안 하고 있을지도 모른다.

또한, 딱딱한 빵은 바베카교에서 바베카를 섬기는 마음으로 먹는 빵을 뜻하는데, 맛은 정말이지 더럽게 없다.

게다가 5일 동안 자지 않고 기도를 드린다니, 이게 말이 되는가?

심지어 그것은 게임 속이다. 게임 안에서 저런 일을 할 사람이 누가 있단 말인가? 사람이 할 범주가 아니다.

"정말 대단하시네요. 말이 안 나옵니다."

짝짝짝!

기자들은 작게 손뼉을 쳤다.

그러던 중, 한 기자가 말했다.

"그런데요, 신성력을 그런 방식이 아니라, 더 쉬운 방법으로 올린 유저가 있다면, 무척 배가 아프시겠군요?"

그 말을 듣고 마이클은 쓰게 웃었다.

"현재까지 알려진 방법은 명약이나, 신의 축복 등이 있지만 그마저도 사실 매우 힘들죠. 신의 축복은 아무나 받는 게 아니니까요. 또한, 명약도 그런 것들은 없어서 못 먹으니까요."

그리고 그 말을 끝으로 마이클은 인터뷰를 끝냈다.

인터뷰를 마친 마이클은 집으로 돌아와 게임에 접속했다.

게임에 접속한 마이클, 즉 줄리안은 말을 한마디도 하지 못했다.

그때, 길드 마스터 스미스가 다가왔다.

줄리안은 귓속말도 하지 않는다. 그래서 화이트 보드에 글씨를 적었다.

[빌어먹을 기자들이 나한테 수행 방법 말고 더 쉬운 방법으로 신성력 올린 유저가 있으면 어떨 것 같냐고 묻더군. 그런 걸 질문이라고.]

"그렇지, 네 마음 다 이해해. 그러니까, 진정해."

줄리안은 사람들의 이야기처럼 깨끗한 사내가 아니다. 단지 특별한 방법으로 자신을 올릴 방법을 찾아낸 거고, 그를 발판으로 비상한 기다.

스미스는 가장 가까이에서 그를 보아왔다.

수행으로 신성력 1,500? 미친 짓이다.

그의 묵언 수행은 지금 아테네를 오픈하고 2주를 제외하고서 쭉 이어져 왔다. 하루에 수천 번 바베카 신께 절을 한다.

옆에서 보는 스미스도 끔찍할 정도였다. 그의 끈기 하나는 인정해야 했다.

　그러다 문득 스미스는 기자의 말처럼 생각했다.

　'쉬운 방법으로 줄리안만큼 신성력 스텟을 높인 이가 정말 있긴 할까?'

　곧 맥없이 웃었다.

　'말도 안 되지.'

　지니와 칸, 로크는 타임 어택 던전에 대해 이야기 중이었다.

　"근데 마지막에 있는 보스 몬스터 듀라한 킹이 문제야, 너무 방어력이 높아."

　"그러니까, 아, 이제 기회 세 번밖에 안 남았는데……."

　그들의 이야기를 듣던 중 민혁이 말했다.

　"혹시 내가 같이 가줄까?"

　"응?"

　"타임 어택 던전을?"

　그 말을 듣고 그들은 멈칫했다. 민혁이 레벨대비 강했지만, 자신들에 비해선 약자의 축에 속했기 때문이다.

　아무리 친구여도 길드 전체의 사활이 걸린 일이었다.

　"내가 이번에 신성력을 좀 많이 얻었거든. 그래서 도움이 될 것 같은데."

신성력을 많이 얻었다는 말에 세 사람은 쓴웃음을 지었다.

바베카 신의 아이 줄리안은 자그마치 1,300이 넘는다. 아니, 얼마 전 인터뷰 기사를 보자 1,500이란다.

지니는 혹시 몰라 물었다.

"몇인데?"

"1,000. 아, 근데 실제론 2,000 정도라고 생각하면 될걸?"

"응……?"

"어……?"

당혹한 표정을 지은 지니가 물었다.

"어, 어떻게 그렇게 올렸는데?"

"그냥 열심히 먹은 것밖에 없는데……."

칸과 지니, 로크는 바베카 신의 아이 줄리안이 신성력을 올렸다는 방법을 생각했다. 그리고 하나같이 생각했다.

'줄리안, 불쌍해…….'

'역시 인생은 불공평해…….'

'듣기론 시금치 같은 것도 안 삶고 생으로 뜯어 먹었다는데…….'

지니와 칸, 로크 민혁. 네 사람은 타임 어택 던전 공략을 하기 위해 던전 입구로 왔다.

'신성력 2,000이라……'

다시 생각해도 어이없는 말이었기에 지니는 허탈하게 웃었다.

그리고 민혁은 공략을 돕는 대신 부탁 하나를 했다.

'내가 원하는 최상급 요리 재료를 구해줬으면 좋겠어.'

민혁이 최상급 요리 재료를 말한 이유는 간단했다. 지인들을 아테네에 불러 함께 식사하기 위해서.

그리고 그중엔 아버지도 포함되어 있었는데, 민혁은 5년 동안 아버지, 혹은 함께 생활하는 지인과 식사를 한 적이 없다고 했다. 그래서 곧 아버지의 생신이시기에 최상급 재료로 최고의 요리를 만들고 싶다고 했다.

그것이 민혁이 타임 어택 던전을 함께 도는 조건.

어쩌면 부탁이다. 혼자서 그 많은 재료를 구하긴 힘들 테니 도와달라는 것이었다.

타임 어택 던전은 셋만 입장이 가능했기 때문에 한 명이 빠져야 했는데, 바로 지니가 빠지기로 했다.

"이 앞에서 기다리고 있을게."

"오냐."

"잘 지키고 있어."

지니가 빠지는 이유는 그녀는 칸만큼 강한 딜러는 아니었기 때문이다. 또한, 로크는 힐러, 딜러의 역할을 겸하고 민혁은 가장 높은 신성력 스텟 보유자였다.

본래는 신을 향한 찬양이라는 스킬이 판도라의 투구에 있다는데, 얼마 전 밴에게 사용해 더 이상 못 쓴다고 하였다.

'잘 될까?'

민혁이 들어갔지만 지니는 내심 걱정했다.

현재 민혁의 공격력과 방어력이 2배가 된다고는 하지만 민혁의 레벨은 낮았다. 또한, 공격력과 방어력 2배이지 속도가 빨라지는 건 아니기에 우려할 수밖에 없었다.

지니는 어차피 자신들은 더 이상 타임 어택 던전의 순위를 좁히기 힘들다는 사실을 인지하고 있었다.

[미국 블랙스완 팀: 43분 38초. 순위: 1위.]

[대한민국 레전드 팀: 1시간 5분 21초. 순위:14위.]

현재 순위는 이렇다.

그동안 레전드 팀은 이를 부득부득 갈며 순위를 좁혔다. 하지만 이젠 한계였다.

오늘 타임 어택 던전 공략 이벤트가 끝난 후에 세 개의 팀에게 보상이 돌아간다. 아직 뚜렷한 정보는 밝혀지지 않았지만 1~3위까지 보상을 받는다고 한다.

지니가 순위에 대해 생각하고 있을 때, 민혁과 로크, 칸은 던전 안으로 걸음을 옮겼다.

곧이어 알림이 울렸다.

[타임 어택 던전에 입장하셨습니다.]

[공략 제한 시간은 2시간입니다. 실패한 이는 두 번 다시 입장할 수 없습니다.]

던전에 입장하기 전에 민혁은 많은 이야기를 들었다.

타임 어택 던전은 계속 반복되는 던전이다. 그래서 더욱더 나은 공략을 시도하고 시간을 좁힌다.

그리고 공략 기회는 세 번. 이 세 번에서 첫 번째는 민혁이 적응하는 기간을 가지기로 했다.

로크가 저주받은 드래곤을 향해 달려들었다.

[미친 광전사의 힘]

[지속적인 출혈이 발생합니다. 또한, 20% 확률에 따라 각종 상태 이상에 걸립니다.]

저주받은 드래곤을 두들기던 로크가 공격에 성공했다.

놈은 엄청난 방어력에 공격도 잘 박히지 않았다. 칸과 로크는 꽤 고전하여 저주받은 드래곤을 사냥했다.

"봤지? 정말로 강해."

"음……."

민혁도 고개를 끄덕였다. 그도 본래 300레벨대 사냥터를 오다가 450레벨대 사냥터를 오니 실감이 확 났다.

두 번째로는 구울 킹이 나타났다. 3m 크기의 장신의 구울 킹은 지독한 독을 뿜어냈다.

"여기선 꼭 해독 물약 마셔야 해!"

[구울 킹의 독을 흡입하셨습니다.]
[모든 상태 이상으로부터 버텨낼 수 있는 만독불침의 육체를 가지고 계십니다.]
[상태 이상으로부터 저항하셨습니다.]

"오, 그래? 나도 한 병만 줘!"

"여기!"

칸이 서둘러 해독 포션을 던져줬다.

민혁은 상태 이상이 걸리지 않았지만 목이 말라 해독 포션을 꿀꺽꿀꺽 마셨다.

"……맛없어!"

그리고 두 번 다신 해독 포션을 먹지 않으리라 다짐했다.

구울 킹도 해결하고 계속 안으로 들어갔다.

그러던 중, 칸이 말했다.

"세 번째 지점. 여기가 듀라한 킹 다음으로 까탈스러워, 왜냐면 이 근방으로 몬스터들이 꽉 채우고 있거든, 이놈들 뚫고 가는 게 힘들어."

칸은 부가적인 설명을 덧붙였다.

"나하고 로크가 광역 스킬이 딱히 없어서, 광역 스킬만 있으면 녹일 수 있을 텐데."

"나 광역 스킬 있는데, 한번 써볼까?"

"오, 광역 스킬도 있어?"

로크와 칸이 서로를 마주 봤다.

민혁은 한 사람을 상대하는 딜러로서도 엄청난 힘을 발한다. 때문에 그들은 기대감 어린 표정을 지었다.

칸이 서둘러 다음으로 넘어가는 곳을 꽉 막은 저주받은 드래곤과 분노한 유령들을 몰이하기 시작했다.

"한번 써봐."

사실 그들은 큰 기대는 하지 않고 있었다. 아무리 그의 공격력이 일순간 2배가 되어도 이곳은 절대 호락호락하지 않다.

그들의 말에 민혁은 앞으로 나섰다.

그 순간, 공간이 찢어지며 피닉스 문양이 각인된 대검이 나타났다.

[고대 수룡 발라카의 대검을 소환합니다.]

그립을 잡은 민혁. 붉은색 기류가 그의 몸에 감돌았다.

쏴아아아아아!

재가 흩날리듯 붉은빛이 그의 주변을 넘실거린다.

"크하하하, 민혁이 너 멋있다?"

로크가 민혁에게 접근하려는 몹들을 쳐내며 말했다.

그와 함께 민혁이 대검을 땅에 박았다.

퍼지익

"피어나는 검."

[피어나는 검]

[전방 8m의 적을 땅에서 무차별적으로 솟아난 검이 공격하며 관통 시 폭발을 일으켜 70% 추가 대미지를 입힙니다.]

전방 8m 앞으로 백여 개의 칼날이 솟아났다.

푸직! 푸직! 푸직!

칼날은 몬스터들의 몸을 관통했다. 그리고 관통된 순간.

쾅쾅쾅쾅쾅쾅쾅!

몬스터들을 단숨에 터뜨렸다.

후두두두둑! 후두두두두둑-

앞을 꽉 막고 있던 마흔 마리가 넘는 몬스터가 한 번에 터져 나가 죽었다.

잠시 얼음 상태가 되어 민혁과 몬스터들이 터져 나간 자리를 보던 로크가 물었다.

"렙 몇?"

"291."

로크의 레벨은 437이었다.

"으, 응……."

갑자기 로크와 칸이 땅을 보며 고개를 푹 숙였다.

그리고 한참이 지나서야 로크가 먼 허공을 바라보며 중얼거렸다.

"갑자기 엄마 보고 싶다……."

민혁은 두 사람의 반응에 고개를 갸웃거렸다.

칸은 서둘러 정신을 차렸다.

"어려운 지점 하나를 쉽게 돌파했으니, 서둘러 가자!"

그들이 걸음을 옮기기 시작했다.

그리고 민혁은 던전 안을 분석했다.

'조금 전 피어나는 검의 위력을 봤을 때 들어오자마자 몬스터 몰이를 시작하고 이곳에서 500m 떨어진 곳에서 그리폰의 비명을 발동. 그렇게 모두 밀집되어 있을 때 사용하면 더 빠른 돌파가 가능할 것 같은데?'

민혁은 지인들과 하는 식사 재료를 친구들에게 부탁했기에 그에 따른 최대한의 효과를 창출할 수 있게 도와주려고 한다.

그러던 중, 뜨거운 화염이 후끈하게 느껴졌다.

"가장 난해한 또 다른 지점. 바로 용암 강이야."

쏴아아아아아!

그들의 앞으로 뜨거운 열기를 후끈하게 피워내고 있는 용암이 보였다.

"블랙스완도 이 지점 때문에 30분의 문턱을 넘지 못하고 있대."

"그럼 이건 어떻게 해?"

"냉각 포션이나 아니면 아이스 계열 마법을 이용해 가는 것밖에 없어."

곧이어 칸과 로크가 품속에서 꺼낸 냉각 포션을 던지기 시작했다.

탱그랑- 푸쉬이이이이익!

쉴 새 없이 냉각 포션을 던지는 그들!

수중기가 끊임없이 피어올랐다.

"냉각 포션을 집중적으로 던지면 부분부분 얼게 되지, 우린 그 부분을 밟고 다음으로 넘어갈……."

"너무 비효율적 아니야?"

민혁의 말에 칸과 로크는 고개를 끄덕였다.

'민혁이 얘…… 확실히 먹기만 하는 애는 아니란 말이지…….'

먹을 것에 크게 집착하지만, 민혁은 예리하게 주변을 살필 줄 알았다.

"하지만 우리에겐 마법이 없으니까, 물론 이 냉각 포션 값이 한 번에 거의 1플래티넘 정도 들긴 하는데, 어쩔 수 없지."

"흐음……."

민혁은 자신의 턱을 쓸었다.

그러던 중, 그는 기발한 생각이 난 듯 등 뒤에 손을 뻗었다. 그리고 프라이팬을 집었다.

"……그건 왜?"

"잘 봐봐. 형이 하는 거."

민혁이 용암 앞으로 다가갔다.

곧이어 민혁은 프라이팬을 거대화시켰다.

[프라이팬 거대화]

[마력량에 따라 프라이팬 크기를 조절할 수 있습니다.]

민혁은 프라이팬을 하나의 배라고 할 수 있을 정도로 아주 커다랗게 만들었다. 그리고 용암 위로 올렸다.

푸쉬이이이이익!

프라이팬 바닥에서 수증기가 피어올랐다.

하지만 내구도가 무한인 프라이팬은 24시간이 되면 다시 재생된다. 또한, 민혁의 프라이팬 자체는 일반 프라이팬과 비교도 할 수 없을 정도로 견고하고 단단하다.

민혁은 냉각 포션을 프라이팬 안으로 던졌다.

콰지익! 콰지익!

프라이팬에 서리가 맺혔다.

민혁은 그 위로 올라탔다.

"오빠 차 뽑았다, 널 데리러 가~ 애들아, 타!"

로크와 칸이 프라이팬 위로 올라탔다.

그 상태에서 민혁은 소환된 콩이에게 밧줄 하나를 건넸다. 용암의 열기가 닿지 않은 곳까지 하늘 높이 날아간 콩이는 곧 반대쪽에 도착해 밧줄을 팽팽하게 묶었다.

민혁과 로크, 칸은 밧줄을 끌어당기며 무사히 반대편에 도착할 수 있었다.

"벌써…… 13분이 단축됐어……."

칸이 믿을 수 없다는 듯 중얼거렸다.

타임 어택 입장자들은 좌측 상단에 던전 클리어 시간을 실시간 확인할 수 있다. 현재 던전 진행 시간 34분 경과였다. 심지어 지금은 던전에 대해서 알아가는 시간이었다.

곧이어 그들은 마지막 보스인 듀라한 킹이 있는 곳에 도달했다.

콰아아아앙!

언제나처럼 일반 듀라한보다 3배는 커다란 거대한 듀라한 킹이 허공에서 떨어져 내려 착지하며 등장했다.

콰아앙!

[어리석은 자들아, 죽음으로 사죄하라!]

듀라한 킹의 검이 휘둘러지고 강력한 검기가 사방팔방으로 날아왔다.

민혁은 빠르게 몸을 날려 날아오는 검기를 피해냈다.

'듣기로 듀라한 킹은 공격 능력보다도 말도 안 될 수준의 방어력 때문에 애를 먹는다고 했어. 그리고 저 검기.'

민혁의 눈이 좁혀졌다.

듀라한 킹은 엄청나게 커다란 대검을 휘두르고 있었다. 일반적으로 민혁처럼 대검 마스터리 패시브라는 게 있지 않은 이상 한 손으로는 휘두르기 힘들 것이다.

'그래, 그렇게 해보자.'

민혁은 아직 사용해 보지 않은 스킬이 존재했다. 바로 갈라내는 검이었다.

타타타탓!

민혁은 칸의 뒤를 바짝 따라붙었다.

"그래, 내 뒤에 붙어 있으라고! 하압!"

펏펏펏펏펏펏!

칸의 주먹에 하얀빛이 서리며 연속으로 듀라한 킹을 가격했다. 하지만 듀라한 킹의 방어력이 워낙 높기 때문인지, 큰 효과는 없는 듯 보였다.

로크가 있는 힘을 다해 도끼를 휘둘렀다. 하지만 이 역시 듀라한 킹은 큰 대미지를 받지 않는 모습이었다.

그 순간, 민혁의 몸에서 또다시 붉은빛 재가 맴돌기 시작했다. 그 붉은빛은 민혁의 대검으로 스며들어왔다.

현재 민혁은 언데드에 대한 공격력 2배의 힘을 낸다. 또한,

민혁은 레벨대비 스텟이 압도적으로 높은 편에 속한다. 이제 290레벨대의 그였지만 사실 로크나, 칸과 맞먹게 되었다고 할 수 있을지도 모른다.

그 상태에서 갈라내는 검으로 공격력이 110% 추가되면? 심지어 그가 가진 발라카의 대검은 공격력 800이 넘는다. 거기에 소환되어 있는 콩이의 버프 능력까지.

민혁은 칸의 뒤에 붙어 갈라내는 검을 사용했다.

쑤화아아아아아악!

주변에 작은 바람이 불었다. 반월을 그리는 붉은 검기가 빠른 속도로 듀라한 킹을 향해 날아갔다.

민혁은 정확히 검기가 날아갈 포인트를 집었다.

"……와, 개 멋있잖아?"

"헐…….

날아가는 붉은 검기에 칸과 로크가 멈칫했다.

붉은 검기는 칸과 로크마저 타격을 크게 주지 못한 듀라한의 대검을 쥔 손목을 잘라냈다.

퍼지잇!

끝이 아니다. 손목을 잘라낸 검기는 곧바로 듀라한 킹의 몸을 훑고 지나갔다.

탱!

대검을 잡고 있던 손목이 떨어지고 듀라한 킹의 가슴에서 검은 피가 솟구치기 시작했다.

[크아아아아악, 가만두지 않겠다!]

듀라한 킹이 비명을 질렀다. 그와 함께 놈의 몸에서 검은 기운이 폭사하기 시작했다.

[듀라한 킹의 분노]
[듀라한이 소환됩니다.]

끼디딕- 끼디딕-

땅을 비집고 듀라한들이 모습을 드러냈다.

칸과 로크는 말문을 잃었다.

자신들은 베지도 못한 것을 잘라낸 민혁의 스킬, 아니, 검의 위력 때문인가? 이해할 수 없었다.

그리고 그때. 민혁이 어느덧 지휘권을 잡고 말했다.

"바로 지금!"

세 사람이 듀라한 킹을 향해 달려들었다.

아테네 공식 홈페이지.

많은 국내 유저들이 이번 타임 어택 던전에 관련한 이야기를 댓글로 하고 있었다.

[bkx31: 솔직히 우리나라가 게임망국, 게임망국 요새 그런 말 많긴 했는데, 이거 차이가 너무 큰 거 아닌가요.]

[코요테: ㅇㅈㅇㅈ, 너무 차이가 크네요. 이거 세계 서버 통합되면 저희 이제 망하는 건가요.]

[레전드븵!: 레전드 길드도 별거 아니었네요.]

[오르드: ……? 윗 님, 레전드가 별거 아니라니요. 지금 국내 대형 길드들이 손잡고 각기 최상위 랭커 한 명씩 보내서 삼 인팟 만들어서 공략 시도 중인데도, 30위권입니다. 근데 레전드는 혼자서 14위권이니까, 충분히 잘하고 있는 겁니다.]

[뚱이만세!: 그럼 뭐 함? 14위인데.]

[오르드: ……인정.]

회의실. 각 팀의 팀장급들뿐만이 아니라, 아테네의 주요 인사들이 한자리에 모여 있었다.

그 자리에서 공식 홈페이지를 보고 있던 강태훈 사장의 입에서 한숨이 흘러나왔다.

그 한숨의 의미를 다른 임원들도 알았기에 침묵했다.

"오늘은 일할 맛이 안 나는군."

그는 쓴웃음을 머금었다.

아테네는 대한민국이라는 작은 나라에서 만들어낸 가상현실게임이었다. 한데, 그런 대한민국에서 고전을 면치 못하고 있었다.

14위. 쓴웃음이 감도는 순위이다.

"아테네:한국전도 머지않았는데……."

아테네:한국전. 아테네가 출시되고 아테네를 만든 회사인 ㈜즐거움이 심혈을 기울여 만든 대회이다.

이는 쉽게 표현하면 한 국가 안에서 최고의 유저들을 선발하는 대회이며 '아테네:한국전'뿐만이 아니라 이미 세계 여러 나라에선 아테네:미국전 혹은 아테네:프랑스전 등이 다양하게 치러졌었다.

또한, 이번 아테네:한국전에서 높은 성적을 기록한 최고의 유저들은 추후에 있을 '아테네:세계전'에 참가할 영광을 얻을 수도 있다.

우리나라도 곧 있으면 처음 아테네:한국전을 치르기 때문에, 앞으로 아테네:세계전에 나갈 국가대표 선수들을 발굴하는 건 매우 중요한 일이었다.

그러던 때였다.

"어…… 어어……? 이, 이거 뭐지?"

고객센터 팀장의 목소리였다. 그는 정막 속에서 현재 타임어택 던전의 순위를 확인하고 있었다.

"이 팀장님."

박민규 팀장이 싸늘한 목소리로 말했다. 이 심각한 분위기에 이 팀장이 휴대폰을 보며 정적을 깨지 않았는가.

하지만 이 팀장은 자리에서 일어나 몸을 부들부들 떨었다.

"그, 그. 사, 사장님!"

강태훈이 의아한 표정을 지었다.

"지, 지금 순위 확인해 보세요!"

강태훈은 고개를 갸웃했다. 회의 중 이 팀장의 말은 무척이나 불편한 말일 수도 있었다. 별일 아니라면 쓴소리를 하리라.

그는 휴대폰으로 현재 타임 어택 던전 순위를 확인했다.

"……!"

강태훈 사장이 휴대폰을 눈앞으로 끌어당겼다가 자리를 박차고 일어섰다.

그와 동시에 여기저기에서 '헉!' 하는 경악 섞인 목소리가 튀어나왔다.

박민규 팀장도 휴대폰을 확인했다.

[미국 블랙스완 팀: 43분 38초. 순위: 1위.]
[대한민국 레전드 팀: 47분 24초. 순위:2위.]

"미, 미친……!"

그도 지금 이 상황을 믿을 수 없었다.

분명히 조금 전까지만 해도 레전드는 1시간의 문턱을 넘지 못했다. 그런데, 바로 지금 2위로 등극하며 1위를 바짝 추격하고 있었다.

"대, 댓글이 난리 났습니다!"

그와 함께 밖에서 소리가 들려왔다.

"와아아아아!"

"레전드 가자아아아!"

"힘을 내요! 슈퍼파우럴!!"

일반 사원들의 목소리가 분명했다.

하지만 강태훈은 얼굴을 찌푸리지 않았다. 가슴 속에서 뜨거운 무언가가 꿈틀거리고 있었다. 자신도 직책이 아니었다면 지금 당장 저렇게 소리를 지르고 싶은 심정이었다.

그는 잠시 눈을 감았다. 입가가 씰룩이기 시작했다.

아직 안 끝났다. 게임강국 대한민국.

"화면 띄워."

"네!"

빠르게 사람들이 움직이기 시작했다.

모니터 화면 속, 두 번째 공략이 막 시작되고 있었다.

"……바뀌었습니다."

박 팀장의 중얼거림에 강태훈이 박 팀장을 보았다.

"뭐가?"

"멤버요. 지니가 빠지고 민혁이란 유저가 투입되었습니다."

"식신?"

"네."

"식신 한 명이 추가되었다고 저 정도 힘을 낸다고?"

"상태창 띄어보겠습니다."

곧이어 상태창을 본 팀장들이 말을 잃었다.

"저, 저 레벨에 저게 말이 돼⋯⋯?"

"헐⋯⋯ 무슨 신성력과 손재주가⋯⋯."

그들은 말문을 잃었다.

그리고 그중 한 명인 김대일 부장이 말했다.

"이거 완전 밸런스 붕괴 아닌가? 이정도면 유저들이 항의하고 난리도 아닐 텐데? 아무리 신 클래스여도 정도가 있는 거지."

그 말에 상당수가 고개를 끄덕였다.

그에 박 팀장이 고개를 저었다.

"식신은 밸런스 붕괴가 아닙니다."

박 팀장은 확신을 가지고 말하며 몸을 일으켰다. 그리고 모니터 속에서는 빠르게 그리폰의 비명으로 몹들을 어그로 끌어 단숨에 수십 마리를 몰살시키는 영상이 지나갔다.

"저게 밸런스 붕괴가 아니라고?"

하지만 박 팀장은 확고한 표정이었다.

"식신은 비전투직 직업이죠."

"그래, 그래서 이상하다는 걸세, 비전투직이 저렇게 강하다고?"

"네, 맞습니다. 너무 터무니없이 강하죠. 하지만 그전에 이 부분부터 짚고 넘어가야 합니다. 현재 식신 전용 '공격 스킬'이 존재합니까?"

"……어, 없나?"

그가 주변을 둘러보며 대답을 촉구했다.

사장 강태훈이 대신 말했다.

"없네."

"대신에 스텟의 경우 300레벨이 될 당시에 400 정도의 스텟 보유자가 될 수 있게 설정되었죠, 한데 민혁 유저는 그걸 깨고 무수히 많은 명약을 먹고 수련을 하고, 퀘스트를 깨고 해서 저희 예상보다 훨씬 강해졌습니다. 이게 밸런스 문제입니까? 누구라도 식신처럼 명약 먹으면 강해집니다."

김대일 부장이 말을 잃었다. 그건 그 유저 스스로의 힘이지, 직업 특혜가 아니다.

그리고 박 팀장이 덧붙였다.

"지금 보면 착용하고 있는 아티팩트들이 모두 엄청난 것투성이입니다. 발라카의 대검, 불멸의 갑옷, 전설의 프라이팬. 또한, 공격 스킬인 엘레의 검술까지. 이게 전부 식신이라는 직업 특혜입니까?"

"……아니지."

박 팀장이 고개를 끄덕였다.

"맞습니다. 밸런스 붕괴요? 저희가 계획한 밸런스 붕괴가 아닙니다. 저 유저가 해낸 겁니다. 이런 걸 밸런스 붕괴라고 하진 않지요. 이럴 땐 이런 말을 쓰는 겁니다."

박 팀장은 숨을 한번 고르고 주변을 둘러보며 말했다.

"저 유저 진짜 멋지다고요."

6장
고락의 숙성 항아리

김대일 부장은 손에 땀을 쥐며 모니터를 바라봤다. 다른 이들도 전부 자리를 지켰다.

그리고 두 번째 공략.

[대한민국 레전드 팀: 37분 24초. 순위:1위.]
[미국 블랙스완 팀: 43분 38초. 순위: 2위.]

사장 강태훈이 벌떡 몸을 일으켜 함박웃음을 짓자 적막함이 순간 사라졌다.

회의실에 있는 다른 이들도 함께 기뻐했다.

"1위다! 우리 대한민국이 1위라고!!"

"와아아아아!"

"누가 우리나라 보고 게임망국이랬냐!"

게임 개발자였지만 그들은 나라를 아낄 줄 아는 이들이기도 했다.

"오늘 모든 팀 소고기 회식하지? 응? 내가 쏘겠네."

"와아아아아!"

"좋습니다!"

박 팀장은 그 틈에서 작은 웃음을 짓고 있었다.

'매일 먹방 보여주면서 우리 배고프게 만들더니, 소고기 한 번 먹여주네?'

그러던 때, 김대일 부장이 말했다.

"40분의 문턱을 넘었으니, SS등급이군. 그럼 35분의 문턱을 넘는다면 SSS등급인가? 그럼 보상은 뭐가 나오나?"

그 말에 박 팀장이 말했다.

"애초에 타임 어택 던전은 1~3순위까지 보상 자체를 오픈하지 않았습니다. 그 이유는 등급에 따라 달라지기 때문이지요. SS등급까지는 저희 쪽에서 확인 가능한 아티팩트가 나옵니다."

"그럼 SSS등급은 얻기 전까진 우리도 확인 자체가 불가능하다?"

"예, 저희도 뭐가 나올지 모릅니다."

그리고 이어 강태훈이 말했다.

"대신에 확실한 건 하나 있지."

"확실한 거요?"

고개를 끄덕인 강태훈이 말을 이었다.

"저 유저의 직업, 게임 패턴 등 특성에 맞춰진 맞춤형 아티팩트가 떨어질 거야."

칸과 로크, 지니는 실감 나지 않았다.

지니는 아테네 공식 홈페이지에서 댓글을 확인하고 있었다. 현재 1위 글인 '레전드 SSS등급 가즈아아아아!'가 1위였는데, 조회 수가 순식간에 30만을 넘어섰다. 그리고 그 밑엔 응원 글이 가득했다.

[라즈: 이제부터 엄마 아빠 말 잘 들을 테니, 제발 SSS등급 달성해 주세요!]

[카울라: 지켜보고 있다. 해내라, 레전드.]

[발로: 성지 순례 왔습니다. 부모님 만수무강하게 해주세요. 제발 여자 친구 생기게 해주세요, 레전드 SSS등급 달성하고 세계에 빅엿 한번 먹이게 해주세요.]

[칼루만: 대~한민국! 짝짝 짝 짝짝, 대~한민국! 짝짝 짝 짝짝!]

[에이수: 와, 역시 레전드가 갓이네, 근데 레전드에 가장 멋진 키 작은 귀요미 남자 있는데, 걔 되게 섹시하다 함. 아참, 그리고 저 아테네 여친 구합니다. 저 얼마 전에 붉은 발 제프도 이김! 로빈 닮은 여친 구함! ***급구***]

"……저 에이수, 에이스다에 내 손모가지 건다."

"닉변을 할 거면 똑바로 하지, 에이수가 뭐냐, 에이수가."

그들이 피식 웃었다.

그리고 로크, 칸, 민혁이 다시 입장했다. 마지막 공략 시도였다. 여기에서 SSS등급이 되느냐 마느냐의 판가름이 갈린다.

첫 번째 지점은 빠르게 달리며 저주받은 드래곤들을 유인했다. 어느덧 뒤에 이십 마리가 넘는 몹이 붙었고, 두 번째 지점에 도달하기 50m 전, 그리폰의 비명을 사용. 칸과 로크에게 버프가 걸렸으며 두 번째 지점을 꽉 막고 있는 녀석들까지 전부 어그로 끄는 데 성공했다.

민혁은 혼자서 수십 마리의 몬스터를 유인하며 가운데에 밀집될 수 있게 원을 그리며 돌았고, 칸과 로크는 간혹 민혁에게 바짝 따라붙은 몹들을 정리했다.

몹들이 한곳에 잘 정리되어 모였을 때 민혁은 피어나는 검을 사용했다.

쾅쾅쾅쾅쾅쾅쾅쾅!

"나이스!"

몰아서 사냥해도 네 마리 정도는 그 범위를 빗겨 나가는 편인데, 이번엔 운이 좋게도 모든 몹을 한 번에 처리했다.

몹들을 빠르게 처리하고 또다시 달리기 시작했다.

이번에는 용암 강. 프라이팬을 거대화시키는 순간, 로크가 미리 준비한 밧줄을 콩이가 건네받고 날아간다. 프라이팬을 용암 강에 던지고 냉각 포션을 던진 후, 빠르게 당겨 이동한다.

경과 시간 28분째. 그들은 빠르게 달렸다. 어느덧 보스 방에 가까워져 간다.

도착 전에 민혁은 갈라내는 검을 준비했다. 그리고 도착하는 순간, 예상했던 것처럼 듀라한 킹이 위에서 떨어져 내렸다.

쑤화아아아악!

붉은빛이 대검에 스며들고 붉은 검기가 반월을 그리며 날아간다.

[어리석…… 응? 크아아아아악!]

등장과 동시에 양 손목이 잘려 나간 듀라한 킹이 비명을 지르고 듀라한들이 소환된다.

칸, 로크, 민혁이 준비하고 있던 기술들을 소환된 듀라한들에게 퍼부었다.

"저주받은 천사의 도끼!"

콱콱콱콱콱콱!

"연환권!"

펏펏펏펏펏펏!

"난무하는 검!"

푸화아앗- 푸화아앗-

듀라한들이 땅에서 기어 나오지도 못하고 순식간에 사라졌다.

[……]

듀라한 킹이 말문을 잃은 듯 보였다.

퍼지잇!

그리고 민혁의 분노하는 검이 발동되어 듀라한 킹의 몸을 파고들었다.

콰아아아아앙!

등장한 지 50초 만에 사라진 듀라한 킹. 세 사람은 클리어 시간을 봤다.

34분 28초.

"크흐!"

"캬하!"

"배고프다."

칸과 로크는 전율했고 민혁은 그 자리에서 초코흐임이라는 과자를 꺼냈다.

길쭉한 초코흐임 과자를 프라이팬 위에 올리고 아이스 마법을 사용해 시원하게 만든 민혁은 빠르게 먹었다.

바삭-

씹자 느껴지는 식감, 그리고 차갑게 언 초콜릿이 서서히 입안에서 녹아가는 맛. 그 맛에 민혁은 기분 좋게 웃었다.

"민혁이는 먹는 거 말고 관심 없나 보네."

"그러게."

그리고 칸과 로크는 타임 어택 던전이 곧 종료될 시간임을 알고 알림이 들리길 기다렸다.

그 와중에 민혁은 초코흐임 20개를 먹어치웠다.

"하나만……."

"노놉!"

"……응."

철저한 단호박에 로크는 한숨을 푹 쉬었다.

그리고 2분이 지난 듯 알림이 울렸다.

[타임 어택 던전 이벤트가 종료됩니다.]

[1위. 대한민국 레전드 팀. SSS등급.]

[2위. 미국 블랙스완 팀. S등급.]

[3위. 중국 만리 팀. A등급.]

[축하드립니다. 레전드 팀에서 SSS등급을 달성하셨습니다.]

[경험치 300,000을 보상으로 획득합니다.]

[명성 200을 획득합니다.]

[기여도가 가장 높은 민혁 유저에게 맞춤형 보물 상자가 지급
됩니다.]

"겨, 겨겨겨, 경험치 30만?"

"와아아!"

그와 동시에 민혁에게 알림이 들리기 시작했다.

[레벨업 하셨습니다.]

[레벨업…….]

자그마치 네 번의 알림.

민혁은 그전에도 291레벨에서 타임 어택 던전을 공략함으로써 추가 경험치를 획득해, 294까지 오른 상태였다.

즉, 이제 298레벨이 되었다.

"나 1업 했어!"

"나도!"

로크와 칸은 민혁과 다르게 필요 경험치 습득량이 훨씬 더 많아 보였다.

그 와중에 민혁은 알림 중 하나를 떠올렸다.

'맞춤형 보물 상자라?'

민혁은 자신의 앞으로 생겨난 보물 상자 앞으로 다가갔다. 보물 상자는 척 보기에는 무척 오래되어 낡아 보이는 모양새였다.

"보물 상자를 연다."

달그락- 달그락-

보물 상자가 혼자 움직이기 시작했다. 그리고 흔들리기 시작하던 보물 상자가 멈췄다.

천천히 열린 보물 상자. 그 안에서 나온 것은 다름 아닌, 거대한 항아리였다.

"……응?"

거대한 항아리를 본 민혁은 고개를 갸웃거렸다. 자신들에게 배당된 보물 상자를 보며 기대하던 로크와 칸도 고개를 갸웃했다.

[고락의 숙성 항아리를 획득합니다.]

"숙성 항아리?"

민혁은 갑자기 관심이 생겼다.

그가 서둘러 확인해 봤다.

(고락의 숙성 항아리)

세트 아티팩트

등급: ?

제한: 없음

내구도: ∞/∞

특수 능력:

• 항아리 안에 음식을 넣는 순간 해당 음식의 가장 좋을 때로 곧바로 숙성된다.

설명: 수천 년이라는 시간 동안 땅속에 파묻혀 주인을 기다리고 있던 항아리이다.

민혁은 특수 능력을 보고 눈을 크게 뜰 수밖에 없었다.

거인 왕의 무덤. 그 안에서 한 유저가 이를 드러내 웃었다.

그는 남성 유저로 누더기 같은 남루한 옷을 착용하고 있었는데, 방금 고대 왕의 무덤을 클리어하고 무덤 밑에 숨겨져 있던 보물을 획득했다.

"드디어 하나를 얻었다!"

그의 이름은 라크. '전설 탐사꾼'이라는 직업으로 유적을 찾아내는 특별한 능력을 가지고 있었다.

그가 무덤 밑에서 찾아낸 것은 바로 고기를 썰 때 밑에 받치는 도마였다. 낡을 대로 낡은 도마였지만 그는 감탄했다.

'고락의 아티팩트 하나를 드디어 얻다니……!'

고락의 아티팩트는 세트 아티팩트로, 단 하나의 아티팩트로는 진정한 힘을 발휘하지 못한다. 그저 그 사물에 부여된 조금 독특한 능력을 사용할 수 있었다.

이 고락의 도마의 특수 능력에는 이렇게 쓰여 있다.

손질되지 않은 어떠한 재료를 올려놔도 원하는 형태로 손질시킬 수 있다.

요리사를 위한 아티팩트처럼 보이지만, 요리사만을 위한 아티팩트가 아니다.

고락은 악마였다. 이 악마는 아테네 세계관에서 자신이 만들어낸 아티팩트를 보잘것없는 모양새로 곳곳에 숨겨두었는데, 두 개의 아티팩트가 모였을 때 비로소 진정한 힘을 발휘한다.

라크는 이 하나의 아티팩트를 찾는데 약 5개월이 걸렸다. 이제 몇 개 풀려 있는 이 고락의 아티팩트 중 하나를 더 찾는다면 엄청난 힘을 거머쥐게 될 것이다. 전설 아티팩트를 넘는 힘을.

물론 그 위로 신 아티팩트가 존재하지만, 신 아티팩트는 오로지 신 클래스에게만 허용된 신의 전유물이었다. 재앙 아티팩트는 등급으로 공표되지 않았지만, 분명히 전설과 신 사이의 아티팩트.

그때 적막한 던전 안으로 비둘기 한 마리가 날아들었다.

이 비둘기는 편지를 전한다. 귓속말이 있는데, 편지를 사용하는 이유는, 전 세계의 아테네 유저들이 서로 소통할 수 있는 유일한 수단이기 때문이다. 아직 서버가 통합되기 전인지라 아테네 안에선 유일하게 편지로만 모든 유저들이 연락할 수 있었다.

비둘기의 발에 달린 쪽지를 펼친 라크. 그는 피식 웃었다.

[대한민국 레전드 팀이 타임 어택 던전 1위를 기록했다. 대한민국에 있는 '블랙스톤' 멤버들은 이 사실을 확실히 인지하고 있을 것. 또한, 라크. 고락의 아티팩트는 어떻게 되었지?]

블랙스톤은 세계 곳곳에 뿌리를 내리고 있다.

그리고 그곳의 주인, 켈라우헬.

블랙스톤은 길드가 아니다. 하지만 세계 곳곳에서 블랙스톤은 길드처럼 움직인다.

이들은 과거 레전드 길드만큼이나 은밀했다. 또한, 그들은 대부분이 다크 게이머로 이루어져 있다. 다크 게이머. 게임을 통해 돈을 벌는 게이머들을 뜻한다.

그리고 켈라우헬.

라크는 믿어 의심치 않다. 그의 현재 레벨은 얼마 전, 542레벨에 도달했다. 그는 세계 최고다.

하지만 그가 현실에서 누구인지, 어떠한 이인지 아무도 알지 못한다. 확실한 것은 그 어떤 유저도 따라갈 수 없는 세계 비공식 통합 랭킹 1위의 유저라는 사실이었고 엄청난 대부호라는 거였다.

라크는 먼저 켈라우헬에게 다시 편지를 보냈다. 그다음, 같은 블랙스톤 멤버 중 한 명에게 귓속말을 보냈다.

[라크: 카이스트라. 드디어 첫 번째 재앙 아티팩트를 찾았어.]

민혁은 부들부들 몸을 떨 수밖에 없었다.

마치 한 푼 두 푼 돈을 모아 첫 차를 사고 그 녀석을 막 대면했을 때의 심정 같았다. 어서 빨리 사용해 보고 싶었고 성능을 보고 싶었다.

그리고 그게 있지 않던가?

"간장게장……."

민혁은 독두꺼비 왕으로부터 추출한 독을 이용해 용왕의 바다에서 얻은 꽃게를 넣고 숙성시키고 있었다. 기다림의 시간은 한없이 길었다. 하지만 이젠 아니다.

'흐흐…… 이제 지금 바로 먹을 수 있다고!'

"민혁아?"

"쟤, 왜 불러도 대답을 안 해?"

친구들이 계속 그를 불렀지만, 그는 듣지 못하고 있었다. 엄청난 집중력!

그는 곧바로 식품 보관 인벤토리에서 커다란 통을 꺼냈다. 그리고 그 안에서 숙성되고 있던 간장게장을 고락의 '숙성 항아리' 안에 집어넣었다.

'고락이란 자는 분명히 먹을 줄 아는 요리사였던 게 분명해…… 이렇게 혁신적인 걸 만들다니!'

사실 누가 봐도 보잘것없는 아티팩트로 보이기 충분하다. 고작 숙성이 끝이라니? 하지만 최고, 최강의 아티팩트를 바라는 유저들과는 확연히 다른 민혁!

그러던 중 갑자기 귓속말 알림이 떴다.

[제네럴: 민혁아, 형이 네가 좋아하는 정보 알아 왔다.]

그러나 민혁은 고락의 항아리를 닫기 위해 항아리 뚜껑을 집느냐 정신이 없었다.
답이 없자, 제네럴이 다시 귓속말을 보냈다.

[제네럴: 맷돌.]

"……?"
민혁은 멈칫할 수밖에 없었다.
맷돌이라? 맷돌 하면 생각나는 건 딱 하나였다. 바로 두부.
아침 일찍 일어나 아침밥으로 무엇이 나올까 할 때, 식탁 위에 올라오는 두부조림이 떠올랐다. 간장과 마늘, 깨, 올리고당, 물 등을 이용해 만든 간장 양념이 밴 두부조림. 척 보기에도 먹음직스럽다.
아침에 두부조림과 쇠고기뭇국 하나 정도만 있어줘도 밥 백 공기는 뚝딱이다.
모락모락 김이 피어오르는 밥을 한 숟가락 푼다. 그 위에 젓가락으로 반절로 꾹 자른 뜨끈한 두부조림 하나를 얹는다. 그리고 입에 크게 넣으면?

전혀 짜지 않다. 두부 자체의 담백하고 부드러운 맛이 간장을 적당히 흡수했기 때문이다.

씹을 때마다 밥알과 고소하고 짭조름한 두부가 만나 기분 좋은 맛을 낸다.

심지어 맷돌로는 다양한 두부 요리를 만들 수 있다. 순두부찌개, 두부김치, 두부과자, 콩비지, 두부전골 등 그 수를 헤아릴 수 없다. 게다가, 두부는 몸에도 좋고 맛도 좋다.

하지만 민혁은 일단 이 고락의 숙성 항아리에 집중하자고 생각했다.

[제네럴: 얼레? 내가 이걸 말했는데도 답장이 없다니. 내가 여자 친구 생겼다는 것보다 더 충격적인데……?]

아마도 '맷돌'이란 두 글자를 보낸 것은 '네가 이걸 보고도 답장 안 하고 배겨?'인 듯싶었다.

물론 평소 같았으면 바로 답장을 했겠지만, 지금은 그만큼이나 맛있는 녀석이 앞에 있지 않은가.

달그락-

항아리 뚜껑을 닫은 민혁은 곧이어 들리는 알림을 들을 수 있었다.

[고락의 숙성 항아리의 특수 능력이 발동됩니다.]

[간장게장이 먹기 좋게 숙성됩니다.]

"우와…… 우와……!"

민혁은 일반 유저들이 엄청난 아티팩트를 얻고 기뻐하는 것과 비슷한 반응을 보였다. 그에 로크와 칸도 관심을 가졌다.

'설마 저 항아리 안에서 매일매일 아티팩트 나오는 거 아냐?'

'헉……! 엄청 좋은 건가 본데?'

민혁이 뚜껑을 밀어내고 그 안에 손을 뻗다가 멈칫했다.

"흠흠, 애들아, 미안한데 나 급한 일이 생겨서 먼저 가봐야 할 것 같다."

"어? 급한 일이 있으면 어쩔 수 없지, 그것보다 그 항아리 정체가 뭐……!"

민혁이 빛이 되어 사라졌다. 그리고.

"아아악, 그 항아리 뭔데!"

"뭐지? 항아리에서 아티팩트 나오는 거 아냐? 헉……!"

"아, 그 항아리 뭐냐고! 알려줘어어어!"

세상엔 사람을 궁금해서 미칠 것 같이 만드는 방법이 두 가지가 존재한다.

하나는 했던 말을 끝까지 하지 않는 것이고…….

"와아, 색깔 봐."

민혁의 목울대가 꿀꺽하고 움직였다.

그는 자신의 앞에 크게 차려진 한 상을 보았다. 먼저 김을 모락모락 피우고 있는 뜨끈한 쌀밥이 있고 그 앞으로 큰 접시에 담긴 등껍질과 다리, 집게가 보인다.

다리와 집게는 몸통 부위와 연결된 채로 잘려 있었는데, 주홍빛을 띠는 알과 연한 검은빛을 띠는 살의 윤기가 좌르르 흐르고 있었다.

민혁은 먼저 등껍질을 들었다.

"알이 꽉 찼네?"

등껍질에 차올라 있는 거뭇거뭇한 양념들, 그리고 그 양념에 잠긴 살점과 주홍빛 알들이 보였다.

그는 젓가락을 이용해 등껍질 속에 숨어 있는 내장을 파내기 시작했다.

삭 삭삭-

등껍질과 젓가락이 만나는 소리도 예술이다.

내장과 살들이 가운데에 모이고 살과 주홍빛 내장이 적당하게 모여들었다.

꿀꺽-

침이 넘어간다. 다급하게, 손을 움직인다.

먼저 숟가락으로 그것들을 푼 다음, 뜨끈한 밥 위로 올리고 밥을 한 숟가락 가득 퍼 봤다. 모락모락 피어오르는 김과 다소 차가워 보이는 게장.

입으로 가져다 봤다. 짭조름한 맛을 밥이 잡아주고, 끝맛에 이어지는 담백하고 고소한 맛. 입안에서 미끌거리는 느낌이 기분 좋게 한다.

꿀떡하고 넘긴 후에, 다시 밥을 한 숟가락 먹어준다.

그다음 등껍질을 접시처럼 들어 올린다.

등껍질 안으로 밥을 올려준다. 그리고 숟가락을 이용해 쓱싹쓱싹 비벼준다. 색이 먹기 좋다, 내장과 살, 간장 양념이 한데 어울려 있다.

그것을 또다시 입으로 가져간다. 절로 눈이 감긴다. 입가에 흐뭇한 미소가 감돌고, 곧이어 후 하는 숨을 뱉어내며 눈을 떴다.

"와…… 너무 맛있다."

그다음엔 다리 하나를 손으로 집어 올린다.

다리와 연결된 몸통 부위를 양손으로 꾹 눌러준다. 그러자 살과 게 내장이 흘러나올 듯 비집고 나왔다.

그것을 입으로 가져갔다. 꽉 찬 살과 게 내장이 입안 가득 퍼져 나간다. 씹는데, 입에서 녹는다는 표현이 딱 맞을 것이다.

그다음엔 게 껍데기를 꽉 물어 남아 있는 녀석들을 입으로 밀어 넣으며 쪽쪽 빨아 먹어준다.

그렇게 다 먹어준 후엔 이번에도 몸통을 쭉 짜서 밥 위로 올려준다.

"이건 버릴 수 없지."

짠 후에 다시 몸통 부위를 물어 그 안의 내용물을 쪽쪽 빨아 먹는다.

밥 위로 두툼하게 올라간 살점과 내장을 쓱싹쓱싹 비빈 후, 다시 한 입.

"으하하, 행복해~"

너무 맛있었다.

독두꺼비 왕에게서 추출한 독 간장과 용왕의 바다에서 얻은 특별한 꽃게, 그리고 고락의 숙성 항아리 조합까지. 최고라는 말이 어울릴 거다.

하지만 아직 끝나지 않았다.

두툼하게 잘 썰려 있는 황금 연어. 주홍빛을 띠고 윤기를 머금은 연어에 젓가락을 뻗는다.

먼저는 그냥 먹어본다.

부드럽게 씹힌다. 꿀떡하고 삼키면 기름진 맛에 작은 웃음이 감돈다.

이번엔 간장 고추냉이 양념에 찍어서 먹어본다. 심심한 연어의 맛을 잡아준다.

그리고 때론 그 위로 무순, 얇게 썰린 양파, 하얀 소스를 얹어서 또 한입. 특별하게 먹고 싶다면 김에 싸서 그 위로 무순, 고추냉이를 올리고 돌돌 만 후에 간장에 찍어서 한 입.

그렇게 민혁의 흡족한 식사가 끝났다.

[황금 연어를 이용한 연어회를 드셨습니다.]

[식신의 위대함]

[명약 페널티를 무시합니다. 단, 이는 여러 명이 효과를 볼 수 없습니다.]

[명약 요리. 추가 스텟을 획득합니다.]

[손재주 58을 획득합니다.]

'그러고 보니……'

민혁은 근래 반복적인 행동을 해도 예전과 다르게 손재주 스텟이 오르는 속도가 확연히 줄어든 것을 느낄 수 있었다.

'더 맛있게 먹기 위해선 손재주를 더 높일 방법이 필요해……'

그런 생각을 하다 민혁의 입가에 미소가 감돌았다.

제네럴이 말했던 맷돌! 그걸 떠올린 거다.

그는 귓속말해 봤다.

[민혁: 맷돌 손잡이를 뭐라고 하는지 알아요?]

[제네럴: 제네럴 님이 로그아웃 중이십니다.]

"어이가 없네~"

민혁은 알림을 듣고는 고개를 끄덕였다. 어차피 네 시간에 한 번씩 접속을 종료할 때였다.

그는 로그아웃했다.

바크란 길드의 바랜. 그는 사냥터의 한 남자를 주시하고 있었다. 바랜의 옆으로는 그 길드원 여섯도 숨을 죽이고 있었다.

바크란 길드는 쉽게 표현하면 하오든 길드와 비슷한 길드다. 길드원 전원이 카오였으며 각종 더러운 일, 사냥터 독식, 유저 PK 등을 통해 수익을 낸다.

하오든 길드와 다르다고 할 수 있는 점은 바크란 길드는 국내 랭킹 19위의 클론을 길드 마스터로 두고 있다는 점이며 카오가 주로 모인 길드임에도 불구하고 길드 랭킹 8위권에 위치해 있다.

바크란 길드가 이처럼 높은 위치에 설 수 있었던 이유는 대형 길드 등에서 비매너 행위를 통해 강퇴 당한 유저들을 모았기 때문이다. 또한, 바크란 길드의 마스터 클론은 생각보다 영향력 있는 사내이기도 했다.

그리고 그들이 지금 주시하고 있는 사내는 바로 흑염룡이었다.

대상인으로 전직한 흑염룡. 그는 길드에 가입하지 않고 혼자 움직이며 상단을 부풀려 나가, 근래 유명세를 얻고 있다.

그는 어쩐 일인지 하나의 목표를 두고 달리고 있었다.

'아테네에서 가장 맛있고 뛰어난 요리 재료.'

그것을 수소문하고 있었다.

그리고 바크란 길드가 그를 주시하는 이유는 하나. 그가 떨어뜨릴 값진 아티팩트 때문이다.

"저기 저 검 좀 보라고, 데칼리드의 검이야. 자그마치 에픽 아티팩트야."

"갑옷은 또 어떻고 전부 에픽으로 도배되어 있어."

근래 북부 대륙을 통해 무수히 많이 풀린 에픽 아티팩트를 그는 도배하고 있었다. 흑색 갑주, 흑빛 검.

"근데 저 아저씨 좀 중2병인 것 같지 않아?"

"그러게…… 닉네임도 좀……."

바크란 길드에는 수칙이 존재한다. 바로 대형 길드의 이들을 건드리지 않을 것. 그들과의 마찰을 피하는 것이다.

또한, 사대 길드나 다른 대형 길드들도 바크란 길드가 굳이 자신들에게 피해를 입히지 않기 때문에 그들과 전쟁을 하지 않았다.

만약 바크란 길드와 전쟁을 일으킬 시에 대형 길드라고 해도 큰 피해를 입는다. 다른 길드와 전쟁을 치른다면 곤욕을 치르는 것은 당연지사였기 때문.

그런 것을 생각했을 때 흑염룡이란 자는 PK할 시에 값진 것도 떨궈주고 후환도 없는 말 그대로 '호구'였다.

물론 상단을 운영하는 대상이었지만 바크란 길드도 무수

히 많은 귀족과 손을 잡고 있다는 거다.

"가자."

바랜과 길드원들이 빠르게 움직이기 시작했다. 그들의 레벨은 320~330 사이로 바크란 길드 내에선 하위권에 속하는 편이었다.

그리고 막 그 앞에 도달했을 때, 그들은 부들부들 몸을 떨고 있는 흑염룡을 볼 수 있었다.

그는 검은 복면을 착용하고 있었는데, 사슴 같은 눈망울에서 갑자기 눈물이 그렁그렁 쏟아질 듯했다.

'헉……! 이 아저씨 우리가 PK하려고 하니까 우는 건가?'

'……헐?'

일화그룹 회장 강민후. 그리고 흑염룡.

그는 사냥을 막 끝마치고 한숨 돌리려고 할 때, 캡슐로 호출 버튼을 누른 박문수 비서로부터 이런 말을 들을 수 있었다.

[도련님께서 회장님 생신에 맞춰 대게를 비롯한 아주 맛있는 식사를 아테네에서 대접하시겠다고 했습니다.]

흑염룡, 그에겐 남다른 일이었다.

아들과의 식사는 5년 만이었다. 비록 게임 안에서의 식사일 뿐이었지만 감회가 새로울 수밖에 없었다. 괜스레 코끝이 찡해지다 눈시울이 붉어진다.

또한, 폭식 결여증에 걸린 아들이 자신의 생일에 맞춰 먹을 것을 준비한다고 하니 이 또한 기쁘지 않을 수 없었다.

그때 여섯의 유저들이 나타났다. 그 유저들은 당혹한 기색이 역력했다.

"우, 울어……?"

흑염룡은 피식 웃었다. 그들이 쥔 무기, 캐스팅을 준비하던 마법사를 보고 직감한 것이다.

"오늘은 기분이 좋으니, 그 녀석이 날뛰기 전에 돌아들 가거라."

그는 그 말을 끝으로 몸을 돌리려고 했다.

그때 바랜이 말했다.

"미친…… 진짜 이상한 중2병 걸린 아저씨네."

"와, 울지를 않나, 그 녀석이 날뛴다니, 왜 왼손에 뭐라도 봉인했나 보지?"

그들은 비웃었다.

그에 흑염룡이 천천히 고개를 끄덕였다.

그리고 그들이 공격을 감행했다.

스킬을 준비 중이던 암살자. 그는 이 중에서 가장 레벨이 높은 340레벨의 유저였다. 또한, 그는 단 한 번에 적을 암살하는 능력이 특화된 자였다.

[살수의 습격]

빠르게 흑염룡의 뒤로 이동해 흑염룡의 목을 노렸다. 또한, 마법을 준비 중이던 마법사의 손에서 여러 개의 화염 창이 쏟아졌다.

[파이어 스피어]

화르르륵! 화르르르르륵!

그 순간, 흑염룡. 그가 왼팔을 뻗었다. 그리고 말했다.

"결국, 내 왼팔의 그 녀석이 날뛰게 하는군."

흑염룡은 자신의 캐릭명이 상당히 우습다는 걸 이제는 알고 있었다.

하지만 그것은 누가 사용하느냐에 따라 다른 것 아니겠나? 그는 당당하기로 했다.

그의 표정은 한없이 진지했고 분노로 가득한 그의 표정은 살기가 흘렀다.

"푸흐읍……!"

"크흐흐, 아 진짜 눈물 나게 웃긴 아저씨네!"

그에 바랜과 일행은 폭소를 터뜨릴 수밖에 없었다.

하지만 곧 이변이 일어났다.

수화아아아!

그의 왼팔에서 검은 용의 머리가 꾸물거리며 튀어나왔다. 그리고 순간적으로 목을 노리는 살수의 습격을 오른팔을 들어 올려 흑염룡이 막아냈다.

탱!

"……!"

순간 그의 왼팔에서 뻗어 나온 검은 용이 그 거대한 입을 벌려 날아오는 화염 마법을 집어삼켰다. 그리고 포효했다.

"끼헤에에에엑!"

포효한 검은 용의 몸에서 검은 불꽃이 뜨겁게 타올랐다.

화르르르르륵!

그와 함께 공격을 감행한 암살자를 집어삼켰다.

"끄아아아악!"

"이, 이런…… 미친……!"

바랜은 그 모습을 보며 생각했다.

"지, 진짜……."

흑염룡(黑炎龍)이었다.

7장
유혹자

제네럴, 즉 오창욱은 아테네를 접속 종료하고 깜짝 놀랄 수밖에 없었다.

TV 속 앵커들의 대화.

[레전드 길드의 마지막 역전은 짜릿한 한 수이지 않았습니까?]

[하하, 짜릿했죠. 하지만 일부 전문가들은 레전드 길드가 일부러 힘을 드러내지 않았다고 말하는 이들도 있습니다.]

[일부러요?]

[예, 레전드 길드는 애초에 자신 있었던 건지도 모릅니다. 35분의 벽을 넘고 SSS등급에 오를 자신이요. 하지만 초반에 힘을 드러내지 않고 막판에 판을 뒤집어 우리나라 국민의 심장을 들었다 놨다 한 겁니다.]

실시간 검색어.

[1위. 레전드 길드 역전 SSS등급 타임 어택 공략.]
[2위. 블랙스완 길드 줄리안의 수행 방법 재조명.]
[3위. 레전드 길드의 마스터 지니 사장 강태훈 딸 루머.]

인터넷 신문.

[게임망국 대한민국? 아니, 게임강국 대한민국. -푸른 일보.]
[블랙스완 길드 줄리안이 하루 일천 번 절하다가 기절하는 동영상 화제, 네티즌들 '그럼에도 2위. 유감'. -유쾌 일보.]
[다가오는 아테네:한국전. 벌써 국민 기대감 급증. -스포츠 뉴스.]

"……길드 마스터 지니, 사장 딸은 뭐야."

피식 웃음이 났다.

지금 전국이 축제 분위기였다. 아테네가 게임이라고 하지만 이제 세상은 단순히 게임이라고 생각하지 않는다. 올림픽에서 금메달을 딴 것처럼 세계적인 대결이라고 보는 이들도 많았다.

창욱은 곰곰이 생각해 봤다.

'잠깐, 그러고 보면…….'

민혁이 용왕의 바다에 다녀온 것과 시기가 겹쳤다. 그가 다녀오자마자 곧바로 역전되었다.

"에이, 설마~"

민혁 한 명이 투입되었다고 순위가 역전됐다기엔 너무 말이 안 된다. 하지만 그러다가 멈칫한다.

"아니, 생각해 보면 그것도 말이 안 되잖아? 뭐 하러 레전드 길드에서 이제까지 힘을 숨겼다가 빵 터뜨려?"

앵커들의 이야기는 레전드 길드를 몰라서 하는 말이다. 그들은 위험한 도박을 즐기는 이들이 아니다.

하지만 측근인 민혁에게 레전드 길드 이야기를 들은 창욱은 어느 정도 짐작했다.

'그럼 진짜……?'

때마침, 민혁이 박문수 비서님께 아버지 생신은 자신이 책임지겠다고 호언장담을 하고 나왔다.

창욱이 다가갔다.

"너 혹시 레전드 길드 타임 어택 던전 참여했어?"

"네."

민혁은 갑자기 타임 어택 던전 이야기를 물었다가 눈을 크게 뜨는 창욱을 보며 고개를 갸웃했다.

"대박. 내 앞에 올림픽에서 금메달 딴 놈 있는 거나 똑같네?"

"형, 그것보다 맷돌은 뭐예요?"

"아, 로반 님이랑 네 영상 최초 업로더 있지? 얼마 전에 합의 요구했다던."

"아, 네."

"그분 닉네임이 '주아'인데, 합의 조건으로 내가 정보를 받았거든, 일단 확실한 건 맷돌이고. 일반 맷돌이 아니야."

민혁은 고개를 끄덕였다.

창욱이 귓속말을 했을 때부터 어림잡아 눈치챘다. 일반 맷돌을 창욱이 좋은 정보라고 하진 않을 테니까.

"일단 이 맷돌 안에 불린 콩이나 혹은 곡식을 넣고 갈면 더 많은 양을 얻을 수 있대. 듣기론 2배 정도?"

그 말을 들은 민혁은 부들부들 몸을 떨었다.

"……헐? 로또 1등보다 더 좋은 거 아니에요?"

"그건 모르겠고. 2배나 더 많은 양이 나타나고 처음으로 갈아서 음식을 맛보면 특별한 힘도 발휘한대, 또 이 맷돌로 한번 간 음식은 절대 상하지 않는대, 영원히. 그리고 세상에서 둘도 없이 더 맛있대."

"와……!"

민혁의 주먹이 꽉 쥐어졌다. 벌써 크게 기대가 되는 거다.

"그 맷돌은 어디서 나타나는 거예요?"

"루크토의 무덤."

"루크토?"

민혁은 고개를 갸웃했다.

"레벨 300~380 사이의 유저들이 주로 가는 던전인데, 그 레벨대의 유저들이 꼭 한번 도전해 보고 싶어 했던 던전이지."

"도전해 보고 싶어 했다?"

"왜냐면 이제까지 루크토의 무덤 공략을 성공한 팀이 없거든, 루크토의 무덤 1층은 일반 몹들을 사냥하는 던전과 똑같아, 하지만 그 후에 1층 보스 몹을 사냥하면 시련이 시작되고 그 후로 여섯 개의 시련을 거쳐야 하지, 그 여섯 개의 시련이 깨진 적이 없어. 그리고 주아가 얻은 정보에 따르면 여섯 번째 시련에 맷돌이 있다고 해, 그런데, 아직 유저들은 5차 시련까지밖에 못 깼고. 너무 극악 난이도라, 이젠 유저들이 도전을 안 해서 도전해 보고 싶었던 던전이지."

"흠……."

민혁은 턱을 쓸었다.

그 말은 간단하다.

"그럼 루크토의 무덤에 맷돌이 있다는 것만 확실한 건가요? 아닌가, 그것도 불확실한가?"

"확실하다고 보는 게 맞을 거야, 주아 말 들어보니까, 악마 숭배자라는 히든 클래스 유저가 퀘스트를 받았는데, 루크토의 무덤 6층까지 클리어 하기래, 그리고 거기 보상에 '맷돌'이라고 적혀 있었고. 그 맷돌에 관한 이야기도 NPC에게 듣고."

민혁은 고개를 끄덕였다.

그리고 이어 창욱이 말했다.

"참, 주아라는 유저는 고소 취하장 보낼까?"

그 말에 민혁은 고개를 저었다.

"확실하지 않은 정보잖아요, 그리고……."

민혁은 냉정한 표정으로 말했다.

"뽑을 수 있는 건 더 뽑아야죠. 가능하면 먹을 것에 대한 정보로 오랫동안 이용하는 정보꾼이 되면 좋을 것 같은데……."

창욱은 그 말을 듣고 고개를 끄덕였다.

'자기 이익은 확실하게 챙기네…….'

돈 욕심이 없는 민혁이었지만 그는 손해는 정말 보지 않으려고 한다.

민혁의 입가에 잠깐 악마 같은 미소가 스치고 지나갔다.

그리고 창욱은 생각했다.

'……얘, 평생 부려먹을 느낌이다. 평생 먹을 거 셔틀시키려는 거야, 잔인한 놈!'

그러다 민혁이 물었다.

"아, 맞다. 형, 저 요새 손재주가 너무 안 오르는데, 궁수 유저들도 손재주가 기반이 된다던데, 활로 사냥하면 잘 오르려나요?"

전투직 직업 중 유일하게 손재주 스텟이 올라가는 직업이 궁수였다.

그 말에 창욱은 고개를 끄덕였다.

"비전투직 직업만큼이나 손재주 스텟이 잘 오르는 직업이 궁수기는 하니까."

그 말에 민혁은 고개를 끄덕였다. 그러고는 휴대폰을 이용해 루크토의 무덤의 기초적인 정보를 수집했다.

그러다 그의 입가에 미소가 그려졌다.

'오오오······!'

그는 당연히 루크토의 무덤을 가는 길목에 관련한 '맛있는 거', '존맛', '어머, 이건 꼭 먹어야 해!' 등을 검색했다.

그리고 관련 퀘스트가 있었다.

'히야······ 태양의 밀에 견주는 달의 밀이라······?'

NPC가 한 명 존재하는데, 몬스터를 사냥할 때마다 달의 밀이 떨어지는 퀘스트를 준다고 한다.

또한, 이 '달의 밀'은 희한하게도 국수를 만들면 정말 맛있어서, 그 근방 마을이 국수로 유명하다고 한다.

'국수······.'

생각만 해도 기분 좋아지는 음식이다.

싸면 3천 원, 비싸도 5천 원 정도면 즐기는 잔치국수, 비빔국수는 정말 맛이 좋지 않던가. 특히나, 비빔국수는 잘 쪄진 만두와 함께 먹으면 기가 막힌다.

'맷돌도 얻고 국수도 먹고. 좋다, 좋아!'

심지어 NPC에게 돌아가지 않아도 몬스터를 사냥하면 달의 밀이 떨어지며 이걸 모두 습득할 시에 저절로 퀘스트가 완료되는 형식이다. 그리고 모두 모았을 때는 저절로 버프 효과가 보상으로 발동되는 퀘스트였다.

민혁은 창욱과 운동을 한 후에 다시 아테네에 접속했다.

국수를 먹기 위해!

닉네임 로갈드. 그는 레벨 390의 나름 레벨 높은 유저였다.

그런 그는 지금 자신의 앞에서 눈을 감고 다가오는 유저. 자빈을 보며 침을 꼴깍 삼켰다.

'드, 드디어 내게도 이런 날이 오는구나……!'

그는 콩닥콩닥 뛰는 가슴을 느꼈다.

친구들에게 그의 별명은 불멸의 대마법사다. 손 한 번 휘두르면 메테오를 부른다는 그 마법사! 그 이유는 그가 서른다섯 살까지 여자 손 한번 잡아보지 못한 모태 솔로였기 때문.

하지만 이제 아니다.

우연히 아테네에서 동행하게 된 이 여인과 동굴 안에 들어와 있다. 이 여인은 숨이 막힐 듯 너무나 아름다웠다. 청순했고 귀여웠다. 모든 남성이 갈망할 스타일!

천천히 입을 포개기 위해 다가오는 그녀를 보며 로갈드는 눈을 감았다.

'크, 여자의 입술이란 어떤 걸까……!'

그 부드러운 감촉을 상상하고 있던 순간.

푸지익!

목 쪽에 뜨거운 통증이 느껴졌다.

"껍……!"

그것은 단도였다.

로갈드는 눈을 크게 떴다. 조금 전, 수줍은 미소를 지었던 자빈. 그녀가 짙게 웃고 있었다.

"어머, 오빠 미안."

그녀가 단도를 뽑아내며 싱긋 웃었다.

로갈드가 천천히 허물어졌다.

"커헉, 허억……!"

그녀가 천천히 몸을 일으켰다.

자빈. 남성들을 유혹해 동굴로 유인하여 PK를 일삼는 여인. 그녀가 강제 로그아웃 당한 채 아티팩트를 떨군 그를 보며 빙긋 웃었다.

"뭐 나쁘지 않네."

어깨를 으쓱하며 그녀가 아티팩트를 줍고 동굴을 나섰다.

그리고 강제 로그아웃 당하고 아직 사라지지 않은 로갈드의 시체. 그 시체의 눈에서 눈물 한 방울이 또르르 흘러내렸다.

동굴을 나선 자빈은 생각했다.

'이제 몇 번만 하고 이곳도 슬슬 떠나야겠어.'

PK를 생계로 삼는 그녀는 근래 자신의 소문이 이 근방에

퍼지고 있음을 알았다.

이곳 사냥터는 300~350레벨 유저들이 주로 오는데, 일반 사냥터보다 좀 더 험난한 편이다. 나타나는 몹들은 주로 아울베어와 같은 몬스터들.

아울베어 한 마리를 베어낸 유저 자빈은 미간을 찌푸렸다.

'에이씨, 저번에 받은 달의 밀 퀘스트 때문에 계속 몹 잡을 때마다 밀 떨어지네……'

퀘스트는 받았지만, 그녀는 굳이 완수하지 않았다. 보상이 썩 그녀 맘에 들지 않았기 때문.

'또 어디 호구 없나.'

그러던 때였다. 그녀의 눈에 한참 사냥 중인 유저 한 명이 보였다. 그는 등 뒤로 레이피어를 차고 있었고, 꽤 초라한 차림새였는데, 활을 쏘고 있었다.

곧 그 활을 보던 그녀가 눈을 크게 떴다.

퍼지익!

아울베어의 급소를 명중시켜 단 한 수에 잡아냈다.

'분명 스킬 안 썼어…… 그리고 보니 쏘는 족족 급소잖아…… 말 그대로 치명타라는 건데.'

그녀는 확신했다.

'저, 저거 에픽 템이 분명해……! 템에 '치명타 확률 대폭 상승' 같은 게 붙어 있는 거지.'

에픽 템이라면 충분히 이해된다.

사내는 달의 밀을 줍더니 갑자기 시무룩한 표정이 되었다.

"이제 마지막 달의 밀이네…… 후……."

그는 고작 달의 밀이란 것 때문에 울상을 지으며 그것을 습득하고 있었다.

그리고 자빈의 입가가 쭉 찢어졌다.

"누가 봐도 호구잖아?"

아테네에 다시 접속한 민혁은 달의 밀 퀘스트를 받고 흐뭇하게 웃었다.

현재 그의 좌측 상단에는 달의 밀 '0kg/5kg'이라고 표기되어 있었다.

'맛있는 국수!'

그리고 그는 손재주 스텟 노가다를 하기 위해 활을 들고 있었다.

(심연의 활)

등급: 에픽

제한: 손재주 400, 민첩 300

내구도: 5,000/5,000

공격력: 126

- 손재주 100개에 명중률, 치명타 확률, 치명타 공격력 10% 상승
- 민첩 13%
- 엑티브 스킬 명궁의 궁술

설명: 심연 속 깊은 곳에 잠들어 있던 과거의 명궁이 사용했던 활.

바로 조개 골렘을 사냥하고 얻었던 아티팩트 중 하나였다.

딱 민혁에게 안성맞춤이라고 할 수 있을 거다.

보면 공격력이 일반 아티팩트와 다르게 현저히 낮다. 그 이유는 활의 경우 활 자체 공격력과 화살의 공격력이 합산되기 때문이었다.

민혁은 발키리 왕국에서 이곳으로 오기 전 치명타 확률 10% 상승이 옵션으로 붙은 화살도 듬뿍 구매했다. 그리고 그는 발라카의 대검에서 잠시 엘레의 식칼을 장착 해제한 후에, 활에 장착시켰다.

그 이유는 하나다.

'손재주 습득률 4배를 포기할 수 없지.'

그리고 현재 민혁은 루크토의 무덤으로 가는 길목에 있었다.

루크토의 무덤으로 가기 위해선 약 반나절 동안 나타나는 아울베어와 같은 몬스터들을 사냥해야 하는데, 그동안 달의 밀을 얻으며 국수도 해 먹으며 나아가면 괜찮을 것 같았다.

민혁은 곧이어 몬스터 한 마리를 마주할 수 있었다.

아울베어. 올빼미의 머리를 가진 거대한 곰이라고 할 수 있다.
크기는 약 2m. 레벨 300의 몬스터였지만 실제론 330 몹 정도의
공격력을 가졌다 알려진다. 대신에 방어력이 꽤 떨어지는 편.

"크워어어어!"

민혁은 등 뒤에 손을 뻗었다. 그리고 활시위에 화살을 걸었다.

그 순간, 민혁의 눈에 보였다. 아울베어 몸의 정중앙에 커다
란 붉은 점이 나타났는데, 그 붉은 점은 어린아이도 맞출 수
있을 정도로 쉬워 보였다.

민혁은 활시위를 퉁겼다.

쐐에에에엑!

빠른 속도로 날아간 화살이 단숨에 아울베어의 목을 꿰뚫
었다.

[치명타가 터졌습니다.]

"끄어어어어!"

아울베어가 목이 꽉 막힌 듯한 비명을 지르며 쓰러졌다.

"헐?"

민혁 스스로도 놀랐다.

현재 심연의 활에 붙은 특수 효과 때문임을 그는 알 수 있
었다. 명중률, 치명타 확률, 치명타 대미지가 약 150%씩 상승
한다.

본래 궁수들의 아티팩트에는 이처럼 손재주에 따른 치명타 확률과 같은 것이 늘어나는 게 많은 편이다.

　하지만 그중에서도 심연의 활은 에픽 아티팩트답게 보통의 활들이 3~5%를 올려주는 데 반해 10%를 올려준다. 민혁의 활의 파괴력은 지금 가히 동급의 궁수 유저, 아니, 그 이상이라고 봐도 될 것이었다.

　그리고 민혁은 볼 수 있었다. 드랍된 달의 밀을!

[2,031골드를 획득합니다.]
[달의 밀 210g을 획득합니다.]

　"크!"

　민혁은 감탄했다.

　그렇게 민혁은 아울베어 사냥에 한참 열을 올렸다. 그리고 달의 밀 3kg 정도가 모였을 때 발키리 왕국에서 구매해 온 제면기를 이용해 국수 면을 준비했다.

　"히야……."

　밀가루 반죽이 제면기에 들어가자 가늘고 기다랗게 면을 뽑아냈다. 그 면을 삶은 후에, 민혁은 미리 만들어뒀던 잔치국수 육수를 부었다. 그리고 그 위로 계란 지단과 채 썬 애호박, 당근, 작게 썬 김치, 김 가루를 뿌렸다.

　그릇에 담겨 모락모락 김을 피우는 잔치국수. 그 옆으로는 딱 먹기 좋게 붉은빛을 띠는 잘 익은 배추김치와 작게 썰린 깍두기가 있었다.

"잔치국수는 잘 익은 김치나 깍두기랑 곁들이면 끝장나지."

민혁은 왼손으로 그릇을 받쳤다.

젓가락을 가져가 휘휘 저어준다. 그리고 한가득 면을 들어올렸다.

꽤 많은 양이었다. 하지만 잔치국수는 입안 가득 넣어주면 최고이지 않던가.

"후루루루릅!"

그는 면을 단숨에 흡입했다. 육수가 배인 면이 입안을 즐겁게 해준다.

볼이 빵빵할 정도로 잔치국수를 가득 베어 문 그는 그 상태에서 잘 익은 김치 하나를 입에 넣었다.

아삭아삭-

고락의 항아리로 인해 정말 먹기 좋게 숙성된 배추김치. 매콤 새콤한 배추김치가 잔치국수에 감칠맛을 더해준다.

그 상태에서 그릇을 양손으로 받쳐 그릇 끝에 입술을 대고 '후! 후!' 불어준 후에 단숨에 국물을 들이켠다.

"후루루릅, 허어. 좋다."

절로 감탄사가 흘러나온다.

그러다 다시 면을 입안 가득 넣고 이번엔 잘 익은 깍두기를 입에 넣고 씹는다.

아삭아삭-

깍두기의 씹는 식감과 보들보들한 면이 만났다.

"후루루루루룹!"

그렇게 달의 밀로 만든 잔치국수를 먹어치운 민혁. 그는 단숨에 3kg으로 수십 그릇을 만들어 뚝딱 해치웠다.

"진짜 맛있었어."

그의 입가에 빙그레 미소가 감돌았다.

하지만 곧 말했다.

"배, 배고프다……!"

국수는 배가 더 빨리 꺼지는 느낌이다. 물론 항상 배고픈 그였지만 말이다.

민혁은 계속 사냥하며 목적지인 루크토의 무덤을 향해 나아갔다.

[손재주 1을 획득합니다.]
[손재주 1을 획득합니다.]

그리고 민혁은 정체기가 왔던 손재주 스텟 획득 알림을 빈번하게 들을 수 있었다.

'오……? 이건 생산직 능력을 사용할 때보다 훨씬 빨리 오르네? 마치 생산직 스킬 처음 배울 때 같아.'

그는 고개를 갸웃거렸지만, 더 맛있게 먹을 수 있다는 생각에 웃었다.

"티, 팀장님. 민혁 유저가 다시 손재주 스텟을 빠르게 올리기 시작했습니다."

"응?"

이민화의 말에 옆에서 다른 유저들을 모니터하고 있던 박 팀장이 그녀의 뒤로 다가갔다.

"……활을 이용한 손재주 스텟 올리기라."

활을 이용한 손재주 스텟 획득. 이는 무척 좋은 방법이었다. 특히나, 현재 민혁 유저의 경우 레벨이 높아짐으로써 손재주 스텟을 얻는 것에 정체기가 왔다. 그 정체기를 활을 사용해 푼다니!

활 사용은 다른 공격 직업 중에서 유일하게 손재주 스텟을 필요로 한다. 손재주 스텟에 따라 공격력, 명중률 등이 달라지기도 하는 편이다. 또한, 활과 손재주 스텟 상승률에 숨겨진 사실 하나가 존재한다.

'활을 사용하게 되면 손재주 스텟 상승률이 일정 손재주 스텟에 도달할 동안 더 빠르게 오르는 편이지.'

그 이유는 간단하다. 활은 '손재주'가 기반이 되는 가장 큰 무기 중 하나이기 때문이다.

사실 검은 누구든 휘두를 수 있다. 도끼도 마찬가지다. 하지만 활은 아니다. 명중률 때문에 활 자체는 굉장히 까다롭다.

활은 처음 시작했을 때, 누가 쏘냐에 따라 명중률 차이가 가장 큰 무기이기도 했다. 그래서 그걸 보완하기 위해 일정 수준까지 도달할 때까지 손재주는 더 빠르게 오른다.

또한, 활을 이용해 올리는 손재주 스텟의 경우 레벨이 많이 올라간다고 해서 그 속도가 많이 낮아지는 편은 아니다. 한데, 그 와중에 민혁 유저는 엘레의 식칼을 장착해 4배의 효과까지 보지 않는가?

"팀장님……."

이민화가 박 팀장을 보며 말했다.

"손재주 스텟 2,000에 도달하면 그 기회를 얻지 않나요?"

박 팀장이 심각한 표정으로 고개를 끄덕였다.

"그렇지, 듀얼 클래스."

또 한 번 2kg으로 잔치국수를 만들어 먹은 후, 민혁은 경악했다.

'이 바보…… 멍청이……!'

그가 경악한 이유는 하나였다. 잔치국수가 너무 맛있어서 비빔국수도 해 먹는 걸 깜빡했기 때문이다.

받은 퀘스트는 5kg의 달의 밀을 습득하면 저절로 완료된다. 그 때문에 현재 300g의 달의 밀 습득만 남은 민혁의 경우 비빔국수를 해 먹기 모자랐다.

그러면서도 민혁은 또다시 아울베어에게 활을 쐈다.

그리고 녀석이 죽은 후, 달의 밀을 수확했다.

[달의 밀 300g을 획득합니다.]

[퀘스트 '카른 농사꾼의 달의 밀을 훔친 자들 사냥'을 완료했습니다.]

[경험치 30,000을 획득합니다.]

[1주일 동안 경험치 5%가 상승합니다.]

"이제 마지막 달의 밀이네…… 후……."

300g. 보통의 사람들이라면 충분히 맛있는 비빔국수를 해 먹을 양이었다. 하지만 민혁은 3kg 정도는 먹어줘야 만족하지 않던가?

시무룩하던 민혁은 일반 밀가루로라도 만들어야겠다고 생각했다.

그러던 때였다. 갑자기 땅의 진동이 느껴졌다.

"응?"

고개를 돌렸을 때 민혁은 볼 수 있었다.

"꺄아악!"

한 여성 유저가 아울베어와 하피에게 쫓기고 있었는데, 총 다섯 마리였다.

"정말 죄송한데, 이것 좀 같이 사냥해 주시면 나온 거 다 드릴게요!"

그리고 민혁은 볼 수 있었다.

그녀가 지나간 자리로 떨어진 것. 바로 달의 밀이었다.

'……!'

민혁은 알 수 있었다.

'이 여자도 달의 밀 퀘스트를 받았구나!'

그는 조금 전 그녀가 했던 말 중 '다 드릴게요'라는 내용에서 눈이 번뜩 뜨였다.

이 퀘스트는 달의 밀 5㎏을 전부 모아도 퀘스트 템인 달의 밀은 사라지지 않는다. 달의 밀 자체도 일종의 보상인 셈이다.

그리고 자빈. 그녀는 속으로 음침하게 웃었다.

'안 도와주고 배겨?'

그녀는 정말 아름다운 여성이었다. 실제로 어지간한 여성 배우들 뺨치는 청순한 외모에 긴 생머리, 그리고 몸매 또한 끝내줬다.

이제까지 대부분의 남성들이 자신이 비명을 지르며 도와달라고 하면 '이런 잔혹한 몬스터들아, 내 광휘의 검을 받아랏!' 같은 허세까지 부리며 도와줬다.

또한, 그러면서 매너남인 척, '그래도 님이 선몹친 거니, 골드랑 템 다 챙기세요'라고도 했다. 이렇게 하면 작업을 걸고 아테네 여친, 또는 현실 여친까지 되지는 않을까 한 거다.

그리고 민혁이 서둘러 활을 당기기 시작했다. 그의 눈이 이글이글 타오르고 있었다.

'역시 다른 남자들과 똑같구나.'

푸슝! 푸슝!

[치명타가 터졌습니다.]

민혁의 활은 쏘는 족족 급소에 적중했다.

공중형 몬스터인 하피는 일반 근접 유저들이 상대하기 꽤 까다로웠다. 하지만 활을 쏴서 급소를 명중시켜 한 번에 떨어뜨리니, 이보다 더 대단할 수가 없었다.

'와, 진짜 잘 쏜다.'

그녀는 민혁이 궁수라는 것을 믿어 의심치 않고 있었다. 그것도 360레벨이 넘는 궁수. 아티팩트와 대미지, 명중률이 그걸 증명해 준다.

곧 모든 몹이 정리되자 그녀는 싱긋 웃었다.

"말씀드렸던 것처럼 드랍된 거 다 가지세요"

그녀는 최대한 공손히, 아름답게 하얀 이를 드러내 웃었다.

그녀는 쫙 붙는 레더 아머를 입었는데, 가슴골이 훤히 드러났다.

그녀는 생각했다.

'아니에요. 공평하게 나눠요, 라고 하겠지?'

곧 민혁이 말했다.

"그래요, 그럼."

'엥?'

자빈은 고개를 갸웃했다.

사내는 신나서 아티팩트와 골드, 달의 밀을 주웠다. 골드는 단 1골드도 남지 않았다.

자빈은 당혹했지만, 그 기색을 서둘러 지우고 말했다.

"부탁 하나 해도 될까요?"

"부탁이요?"

"네, 제가 늦잠을 자는 바람에 루크토의 무덤에 함께 가기로 했던 일행이 먼저 떠났거든요. 혹시 루크토의 무덤에 가시는 길이면 동행할 수 있을까요?"

이 길목의 몹들은 레벨대비 까다로운 편이다. 또한, 근방에 다양한 트릭들이 있기도 한 편이었기에 보통 이 길목을 지나는 이들은 루크토의 무덤으로 향하는 이들일 확률이 높다. 자빈은 그걸 알고 한 말이다.

하지만 민혁은 흔쾌히 답하지 않았다. 혼자 가는 게 훨씬 더 편하고 좋았으니까.

자빈이 서둘러 말했다.

"가는 길이 생각보다 험악한 편이고 또 궁수셔서 몹들 몰리면 많이 난처하실 거예요, 제가 레벨대비 꽤 실력 있는 탱커거든요. 제가 몹 어그로 끌고 막아드릴게요. 아! 나오는 골드, 아티팩트도 전부 드릴게요. 원하시면 파티 안 하셔도 괜찮아요~"

민혁은 그녀와의 동행에 눈곱만큼도 관심이 없었다. 하지만 나오는 아티팩트, 정확히는 달의 밀 부분에서 이목이 확 당겼다. 그녀를 통해 달의 밀이 나오면 그것으로 맛있는 비빔국수를 해 먹을 수 있지 않은가!

하지만 한편으론 생각했다.

'아무리 그래도 모든 걸 양보한다? 좀 이상한데……'

아티팩트는 이해한다. 한데, 파티까지 하지 않고 경험치까지라?

민혁은 작은 의심을 하면서도 고개를 끄덕였다.

사실 그는 자신 있었고 스스로도 알고 있었다. 누군가 자신을 쉽게 통수칠 수 없다는 걸.

"알겠습니다. 그리고 저 어그로 능력 있는데, 제가 끌어드릴게요. 그리고 제가 지금 광렙 중인데, 괜찮으실까요?"

민혁은 어차피 가는 길에 최대한 활을 쏘며 손재주 스탯을 올리고 싶었다.

그 말에 자빈은 싱긋 웃으며 말했다.

"네~ 괜찮아요."

'아, 안 괜찮아……! 미친놈아 제발 그만해!'

자빈은 미치고 팔짝 뛸 노릇이었다. 그녀의 앞으로 스무 마리 가까이 되는 아울베어와 하피들이 몰려오고 있었다. 민혁이 그리폰의 비명을 사용, 주변 적들을 전부 어그로 끌었기 때문이다.

"꺄악!"

그녀는 탱커의 모든 스킬을 사용했다. 하지만 그럼에도 밀려오는 몹들을 막는 게 힘들었다.

그리고 민혁은.

푹 푹푹-

뒤에서 열심히 활시위만 당기며 급소를 공격해 몹들을 사냥하고 있었다.

[손재주 1을 획득합니다.]
[레벨업 하셨습니다.]

"또 레벨업이다. 아자!"

'……씨× 놈아!'

고생은 자빈이 하고 경험치는 민혁이 먹는다. 그나마 민혁의 활의 명중률 덕분에 몹들이 어지간해서는 한 번에 사냥 되기에 어느 정도 유지는 할 수 있었다.

꿀꺽꿀꺽-

사냥이 끝나자 자빈은 부들부들 떠는 팔로 회복 포션을 마셨다. 탱커 계열들은 보통 회복 포션 쿨타임을 감소시키는 패시브 스킬이 존재했고 그녀는 동레벨 탱커들보다 쿨타임이 더 짧은 편이다.

포션으로 목을 축인 그녀는 뒤를 돌아봤다.

"오, 아티팩트와 골드가 이렇게 많네? 크, 달의 밀!"

아티팩트와 골드, 달의 밀은 정작 민혁이 줍고 있었다.

그리고 다 줍고 난 후에.

"저, 우리 조, 조금만 쉬었다가……."

"삐이이이이이이이!"

"야이 씨……."

"씨……?"

"오르다민씨?"

그녀는 다시 몰려오는 몬스터들을 보며 거의 울기 직전의 표정이었다.

"오, 그거 맛있는데. 하핫, 아 근데 너무 감사해요. 앞에서 몸빵해 주셔서 제가 너무 쉽게 사냥하네요. 이러니까 제가 너무 미안해지는데……."

그녀는 달려오는 몹들을 보며 화색을 띠웠다.

"아, 그럼 아이템 분배……."

"그래도 약속은 지키라고 있는 거니까요."

민혁은 약속을 철저히 지키고 싶어 했다. 자빈이 본인 입으로 그렇게 말하지 않았는가?

또한, 자빈도 경험치를 어느 정도 얻고는 있었고 심지어 민혁을 통해서 혼자라면 가지 못했을 길을 갈 수 있었다. 이 근방엔 유저도 많지 않아 민혁이 없다면 그녀는 본래 루크토의 무덤에 갈 수 없다.

그리고 민혁은 확인해 보고 싶었던 것도 있었다.

"……"

자빈은 할 말을 잃었다. 그러다 생각했다.

'호, 혹시 내가 자기를 PK하려는 걸 아는 거 아니야?'

그런 의문이 들었다가 고개를 저었다. 그러기에는 말이 안 된다.

일단 그녀의 경우 PK를 할 때는 한곳에서 오랫동안 하지 않는 주의였다. 자신한테 당한 이의 지인? 아니, 그러기에는 그가 아닌 그녀가 먼저 접근했다는 거다. 또한, PK를 하려고 한다는 걸 아는데 순순히 동행한다? 그것 또한 말이 안 되는 일. 왜? 언제든 기습할 위험이 존재한다. 그 위험을 감수할 수 있는 건, 하나밖에 없다.

'정말 미치도록 강한 사람.'

하지만 궁수는 가까운 곳에 적을 두면 다른 근접 직업들보다 훨씬 더 위험하다. 화살을 시위에 걸고 쏘는데, 시간이 걸리니까.

결론은.

'저거 그냥 미친놈 아냐?'

아니, 아직 기회는 있다.

또 한 번의 사냥을 끝내고 그를 돌아봤다. 그녀는 자신의 가슴이 더 부각될 수 있게 끈을 조금 풀었다.

"후우, 사냥하니까, 덥네요."

그렇게 말하며 돌아보자 민혁은 어느새 비빔국수를 만들고 그 앞으로 잘 쪄진 만두를 놓고는 흐뭇하게 웃고 있었다.

그 옆에 앉은 자빈은 자연스럽게 머리를 그의 어깨에 기대려고 했다.

그 순간, 민혁이 피해냈다.

"뭐 하시는 거예요?"

"잠깐만요. 너무 피곤해서 기대려고요."

그에 민혁의 얼굴이 천천히 일그러졌다. 마치, 그 표정이 정말 진심으로 싫어하는 표정이었다.

그러다 민혁이 아차 하며 인벤토리에서 양은 냄비를 꺼내 뒤집어놨다.

"그럼 여기에 머리 기대고 저 이거 먹을 때까지 쉬시죠."

"……네."

자빈은 뭐 이런 게 다 있나 하는 표정이었다.

그녀가 양은 냄비에 머리를 기대고 몸을 웅크리고 누웠다.

'내가 왜 지금…… 양은 냄비에 이러고 누워 있지…….'

남들이 본다면 폭소할 만한 모습이었다.

민혁은 개의치 않고 먹방을 시작했다.

비빔국수 위로 잘린 상추와 채 썬 오이, 김치 등이 올라가 있다. 붉은빛의 면은 윤기가 좌르르 돌았다. 보기만 해도 침이 꿀꺽 넘어갔다.

비빔국수에 젓가락을 가져가 잘 비볐다. 그다음 그릇을 들어 한가득 입에 밀어 넣었다.

"후루루루루룹!"

매콤 새콤한 비빔국수가 입안에 들어왔다. 씹자 국수와 함께 잘 비벼진 야채의 맛이 물씬 느껴진다.

첫 젓가락은 달콤하게 맛있는 느낌. 그리고 두 젓가락, 세 젓가락부터 서서히 올라오기 시작하는 얼얼한 맛.

그때쯤, 속이 꽉 찬 둥그런 고기만두를 집어 든다. 둥그런 고기만두를 한 입 베어 물자 입안으로 고기만두 안의 다져져 들어간 재료들과 그 안에 있던 뜨거운 육즙이 퍼진다. 그렇게 얼얼한 입안을 고기만두가 달래준다.

"후루루루루룹!"

민혁은 단숨에 비빔국수 한 그릇을 뚝딱 했다.

민혁은 그녀와 동행하면서 가장 좋은 게 달의 밀을 계속 얻을 수 있다는 거였다.

그녀는 습득하지 않는다. 그럼 그녀는 달의 밀을 모으는 조건을 충족시키지 못한다. 그리고 그녀가 몹을 한 대라도 치거나 가격하면 퀘스트에 의해 달의 밀은 드랍된다. 그걸 민혁이 주우면 무한정 얻을 수 있다는 거다.

먹방 소리를 듣고 있던 자빈이 침을 꼴딱 삼켰다.

"그 있잖아요……?"

"네."

"저도 좀 먹으면 안 돼요?"

"이미 다 먹었는데…… 죄송해요."

자빈은 텅텅 비어버린 그릇을 보자 허탈해졌다. 그리고 이쯤 되자 확실해졌다.

'처, 천상 고자가 분명해……'

"혹시 저 안 이쁘나요? 주위에서 그런 말을 들어서……."

"자기 입으로……."

민혁은 흠하는 표정이었다. 그러다 국어책을 읽듯 말했다.

"아, 너무너무 이쁘고 아름다워서 하늘에서 선녀가 내려온 줄 알았네, 아이쿠! 정말 아름다우셔서 가슴이 내려앉아 버렸다."

엎드려 절 받기에 자빈은 치아를 뿌드득 갈았다.

'이 빌어먹을 놈, 방심시켜서 PK하는 건 실패야.'

하지만 당한 게 있기에 어떻게든 저 활을 얻고 놈을 PK하고 싶었다. 뭔가 방법이 필요했다. 그러다가.

'……무덤에 실제로 우리 길드원들이 있잖아?'

자신 혼자서는 이놈을 뒤치기해도 잡을 수 있을지 미지수다. 하지만 무덤엔 자신의 길드원들이 있다.

때마침 길드 채팅이 활성화되었다.

[길드 채팅 바랜: 하…… 흑염룡이란 유저가 진짜 그렇게 강할 줄은 꿈에도 몰랐네요.]

[길드 마스터 클론: 그자가 가진 몬스터. 범상치 않은 녀석이 분명해. 지금부터 흑염룡을 쫓는다.]

'지금 길드 채팅은 하면 안 되겠네.'

모든 길드원은 지금 흑염룡이란 자한테 집중되어 있었다.

그녀는 따로 귓속말을 보냈다.

[자빈: 버클 님, 에픽으로 추정되는 활을 든 유저가 있는데, 무덤에서 뒤치기 좀 같이할 수 있을까요?]

[버클: 오, 에픽 아티팩트요? 저희야, 환영이죠. 근데 자빈 님이 스스로 하시지 않으시고……?]

자빈은 그에 자초지종을 설명했다.

그에 버클은 감탄했다.

[버클: 어깨를 빌리자니까, 양은 냄비를 베개 삼아 누우라 했다고요? 헐……]

곧 버클이 말했다.

[버클: 그런 놈은 저희가 지독한 맛을 보여줘야죠. 또 궁수 유저면 어렵지 않겠네요. 레벨은 몇 정도에요?]

[자빈: 370초에서 후반 정도로 보여요.]

[버클: 넵, 알겠습니다. 어서 오세요.]

[자빈: 넵^_^!!]

본래 무덤까지 갈 필요도 없는 일이었지만 일이 귀찮게 됐다.

하지만 버클과 그들을 비롯한 길드원들도 레벨 370대 후반의 유저들이다.

"저희 지금 가는 던전이 5인 파티 위주잖아요?"

그에 민혁이 고개를 끄덕였다.

"그렇죠."

"한 사람이 급한 일이 생겨서 나갔다는데, 혹시 저희랑 같이 파티하실래요?"

그에 민혁은 잠시 생각하는 표정이었다가 흔쾌히 고개를 끄덕였다. 어차피 자신도 파티원이 필요했던 참이니까.

"그러죠."

자빈과 민혁이 걸음을 옮기기 시작했다.

바크란 길드의 마스터 클론.

'흑염룡…… 그가 가진 몬스터는 분명 전설, 아니, 어쩌면 그 위일지도 몰라.'

그런 생각을 하던 클론. 그는 곧이어 자신에게 날아온 귓속말을 볼 수 있었다.

[라크: 클론 님, 두 번째 재앙 아티팩트에 대한 힌트를 찾았습니다.]

그 말에 클론의 눈에 이채가 서렸다.

클론 또한, 블랙스톤의 멤버였다. 물론 그도 한 길드의 마스터이긴 했지만, 블랙스톤이라는 거대한 그룹에 비한다면 조무래기에 불과했다.

그리고 그는 의문을 품었다.

'어째서 나에게 이 사실을 알린 거지?'

재앙 아티팩트에 대해선 클론도 알고 있었다. 그런데, 라크가 귓속말을 한 이유는?

[라크: 그 힌트가 가리키는 건 바크란 길드에서 관리하는 루크토의 무덤이었습니다. 6번째 시련을 이겨내면 나온다는 그 맷돌. 그게 바로 두 번째 재앙 아티팩트입니다.]

클론은 눈을 크게 떴다.

"맷돌……?"

그의 주먹이 꽉 쥐어졌다.

맷돌에 대한 정보는 아는 사람은 다 알았다. 그저 맷돌을 돌리면 2배의 것을 얻을 수 있다. 첫 번째 간 것으로 세상 가장 맛있는 걸 먹을 수 있다는 보잘것없는 것들만 특수 능력을 보유한 하찮은 맷돌. 그 맷돌이 재앙 아티팩트였다고?

클론의 입가가 쭉 찢어졌다. 그 말은 재앙 아티팩트를 얻는 데, 자신이 큰 기여를 할 수 있다는 의미였으니까.

그는 곧바로 그곳에 있는 버클에게 메시지를 보냈다.

[클론: 버클.]

[버클: 버클 님의 귓속말 기능이 꺼져 있습니다.]

클론의 미간이 구겨졌다.

아마도 무덤에 입장한 듯싶었다.

버클의 시선은 자빈과 함께 온 민혁이란 유저가 든 활에 향했다.

'저 활이 에픽 등급이라…….'

본래 버클이나 지금 그와 동행한 일행은 PK를 일삼는 이들이었다. 그렇지만 근래는 아니었다. 루크토의 무덤 공략에 집중할 시간도 모자랐기 때문이다.

하지만 에픽 활이라면 이야기가 달라진다. 현금 몇억의 가치를 가지지 않았는가.

"안녕하세요."

"네, 안녕하세요."

파티원들과 인사를 나눈 후, 버클은 그에게 파티를 제안했다. 곧 민혁이 수락했다.

'응……?'

파티를 수락한 후에 그의 정보를 확인한 버클은 고개를 갸웃할 수밖에 없었다.

'뭐지?'

분명히 자빈에게 듣기로 그의 레벨은 370대 후반일 거라고 하였다. 한데, 아니었다.

[민혁/305레벨]

"미, 민혁 님, 레벨이……?"

자빈도 놀랄 수밖에 없었다. 그녀는 민혁의 레벨이 370대라고 믿어 의심치 않고 있었기 때문이다.

"보시는 것처럼 305인데, 문제 있나요?"

민혁은 고개를 갸웃했다.

루크토의 무덤의 경우 300레벨 유저부터 참가 가능했다. 민혁은 이들이 자신들이 생각했던 것보다 레벨이 낮아 이러나 싶었다. 그럼 던전 공략에 방해가 될지도 모르니까.

하지만 곧 버클이 고개를 저었다.

"아니요, 문제라기보단 듣던 것보다 레벨이 낮으셔서요."

자빈이 고개를 끄덕였다.

"활 명중률하고 대미지 때문에 최소한 370이라고 생각했거든요."

"그래요? 흠."

"네, 근데 직업은 비공개 상태네요?"

"넵."

"아, 혹시 전설 직업 같으신 건가?"

민혁은 작게 웃으며 굳이 답하지 않았다.

버클이 고개를 끄덕였다.

'에픽 활에, 전설 직업이라면 저 레벨에 저 명중률이 이해가 되지.'

그리고 전설 클래스들은 대게 직업명 밝히는 것을 꺼리기에 그는 납득했다.

버클은 고개를 끄덕이며 던전 안으로 입장했다.

1차 시련은 흔히 알려진 것과 같다. 일반 몬스터들이 나타나고 보스 방을 클리어하면 그다음 시련으로 넘어갈 수 있다.

버클은 앞으로 일행과 함께 나서며 생각했다.

'통제의 길로 가야겠어.'

버클과 그 파티원, 즉 길드원들은 이 루크토의 무덤을 수십 번도 더 공략해 봤다. 하지만 아직 한 번도 5차 시련의 벽을 넘은 적은 없다.

그동안 이 무덤의 다양한 것들에 대해 알았는데, 보스 방으로 향하는 길목에는 약 세 갈래의 길이 존재한다. 이 세 갈래의 길은 하나는 막다른 길, 하나는 보스 방, 하나는 통제의 길이 나온다.

이 통제의 길이 무엇이냐.

'현재 착용하고 있는 모든 무기류 자체를 사용할 수 없게 되지.'

즉, 궁수 유저는 활을 사용할 수 없게 되고, 전사 유저가 만약 도끼류를 착용하고 있었다면 통제의 길에 들어서는 순간, 도끼류가 아닌 걸 착용해야 한다.

이는 무덤 공략에 처음인 이들에겐 무척 어려울 것이다. 왜냐면, 보통 유저들은 인벤토리에 무기류 여러 가지를 들고 다니지 않으니까. 반대로 자신들은? 무기류를 꼭 두 개씩 소지 중이다.

세 개의 길은 랜덤으로 바뀌지만, 매번 규칙적인 흐름으로 바뀐다. 그리고 오늘은 '가운데 길'이 통제의 길이 될 것이다.

아무리 민혁이 궁수라고 해도 최소한의 피해로 그를 잡기 위해선 통제의 길로 유인할 필요가 있었다.

곧이어 버클은 파티원들과 자빈에게 귓속말했다.

[버클: 통제의 길로 놈을 유인할 겁니다. 보조 무기로 착용하세요.]

통제의 길에 들어설 때 보조 무기를 착용하면, 보조 무기 제한을 받는다. 그리고 그때 주 무기로 교환 착용하면, 주 무기는 제한을 받지 않게 된다.

'흐음······.'

민혁은 누군가와 귓말을 하는 듯한 모습을 보며 눈살을 찌푸렸다가 빠르게 표정을 풀었다.

그때 버클은 이런 생각을 하고 있었다.

민혁은 활을 쏘니, 아마 보조 무기로 단검 같은 것을 쓸 것이고, 그걸 생각하면 아주 일이 쉬워진다고.

"크워어어어!"

그리고 첫 번째로 나타난 몬스터. 바로 트롤이었다.

350레벨대의 트롤은 모두가 알듯이 엄청난 재생력을 자랑하는 몬스터였다. 녹슨 도끼를 들고 달려오는 2m 장신의 트롤.

민혁이 활시위를 당겼다.

그의 심연의 활에는 명궁의 궁술이라는 스킬이 존재했고 총 세 개의 장으로 이루어져 있다.

그중 첫 번째 장.

[토네이도 애로우]
[회전하는 강력한 화살이 적과 직격한 순간 폭발합니다.]

쑤화아아아!

민혁의 화살이 정확히 트롤의 머리를 노렸다.

퍼지익!

그리고 박히는 순간.

빠드드드득!

화살이 드릴처럼 파고들며 머리를 터뜨려 버렸다.

콰아아아앙!

'트, 트롤을 한 방에……!'

'미친!'

버클과 자빈, 일행은 눈을 크게 떴다.

"대, 대단하네요."

그리고 버클은 직감했다.

확실히 전설 클래스였고 궁수 계열이 분명하다. 그렇지 않고서야 저 정도 대미지와 명중률이 나올 리 없었다.

"와, 민혁 님과 함께하면 꽤 수월하게 할 수 있겠는데요?"

"감사합니다."

민혁은 고개를 끄덕거리며 품에서 초코빠이를 꺼내 야금야금 먹었다.

"당 충전은 항상 해줘야죠!"

"하핫. 자, 그럼 갑시다."

일행은 다시 나아갔다.

전설 탐사꾼 라크. 화신의 사자 카이스트라. 두 사람이 함께 탄 펜루스가 총알처럼 달리고 있었다.

수화아아아악!

"미친…… 엄청 빠르군……!"

라크는 경악할 수밖에 없었다.

카이스트라와 접선한 그는 재앙 아티팩트에 대한 이야기를 하였다. 그리고 협조를 요청한 길드의 길마는 현재 무덤 안에 있는 길드원이 귓속말을 할 수 없는 상태라고 했다.

한참 달리던 중, 라크가 물었다.

"카이스트라. 그분은 찾았어?"

"아직."

"어서 찾았으면 좋겠다."

그에 카이스트라의 입가에 작은 미소가 감돌았다.

라크는 카이스트라보다 훨씬 더 랭킹이 낮다. 카이스트라는 세계 비공식 랭킹 9위의 랭커였다.

라크는 레벨을 떠나서 카이스트라를 정말 친동생처럼 아끼고 카이스트라도 그를 매우 잘 따랐다. 그래서 블랙스톤이라는 다크 게이머 연합 안에서 두 사람은 단짝이었다.

최근 카이스트라는 어떤 소문을 접했다. 루머일지도 모르지만, 누군가 강민후 회장님의 얼굴을 아테네 게임에서 본 적이 있다고 한 것이다.

사실일지 아닐지 아직 알 수 없다. 그렇지만 만약 그와 만난다면 꼭 말씀드리고 싶었다. 고맙다고 감사하다고. 당신 덕분에 우리 마을 사람들이 배고프지 않게 되었다고 말이다.

그렇게 달리던 중. 문득 의문이 든 카이스트라가 물었다.

"그런데 라크. 만약 그 맷돌을 다른 이가 얻게 된다면 어떻게 되는 거야?"

카이스트라는 길드원들이 귓속말이 되지 않는다는 말을 우려한 것이다.

그에 라크는 피식 웃었다.

"맷돌에 대한 정보는 전부 찾았어, 일단 남이 찾는다고 해도 크게 걱정할 건 없을 거야."

"어째서?"

"모를 테니까, 고락의 아티팩트라는 사실을."

"응?"

카이스트라는 의문을 표했다. 모른다니?

"고락은 장난기 많은 악마지, 물론 찾자마자 '고락의 XXXX' 같은 경우도 있지만, 아닌 경우가 더 많아, 그리고 맷돌의 경우는 특수한 봉인을 풀기 위한 조건이 존재해."

"조건이라?"

카이스트라가 고개를 갸웃했다.

"맷돌을 3일 안에 48시간 동안 돌릴 것, 그리고 가장 큰 문제. 다른 고락의 아티팩트를 가진 자여야만 하지, 하나의 힘으론 고락의 아티팩트는 힘을 드러내지 않으니까."

그 말에 카이스트라의 고개가 끄덕였다.

강력한 아티팩트, 뛰어난 스킬북 등을 원하는 유저 중에서 3일 안에 48시간 동안 맷돌을 돌릴 이는 거의 없을 것이다.

어느 정도 안심이 되었다.

'와, 확실히 실력 있는 궁수랑 같이 가니까, 몹 사냥이 빨리 빨리 되네.'

버클은 생각했다.

일행은 어느덧 세 갈래의 길 인근에 도달해 가고 있었다.

이곳까지 오는 것은 정말이지 수월했다. 민혁이 쏘는 화살의 정확도는 단숨에 트롤들의 숨통을 끊어놓았기 때문이다.

그리고 세 갈래의 길을 보던 버클이 고심하는 척을 했다.

"흐음, 민혁 님. 이 세 갈래 길에 대해서 들으셨나요?"

"네, 하나는 보스 길, 하나는 막다른 길, 하나는 통제의 길이라고 했던가요?"

"네, 맞아요. 어디로 가야 하려나."

잠시 고민하는 척하던 버클. 그는 가운데를 가리켰다.

"남자는 직진 아니겠습니까?"

버클의 말에 일행 모두가 고개를 끄덕였다.

그리고 버클은 그의 의심을 지우게 하기 위해 먼저 앞장섰다. 본래 앞장서는 이들이 가장 큰 위험을 감수하는 법이니까.

그리고 민혁은 가장 뒤쪽에서 왔다. 본래 궁수의 포지션은 맨 뒤니까.

그렇게 안쪽으로 들어가던 중. 알림을 들을 수 있었다.

[통제의 길]

[현재 착용하고 있는 아티팩트 종류의 착용이 1시간 동안 제한됩니다.]

저절로 그들이 착용하고 있던 무기가 장착 해제되었다.

민혁도 마찬가지. 그가 등 뒤에 차고 있던 화살과 활이 인벤토리 속으로 빨려 들어갔다.

버클이 쓴웃음을 지었다.

"이런, 큰일 났네요."

그가 민혁을 돌아봤다. 그러면서도 버클은 빠르게 귓속말로 지시를 내리고 있었다.

[버클: 발롱 님이 바로 거리를 좁혀서 목을 찌르죠. 한 번에 갑시다. 깔끔하게.]

발롱은 379레벨의 암살자 클래스였다. 빠르고 강한 한 방이 주특기였으며 실질적으로 이 자리에 있는 이들 중 가장 레벨이 높았고 강한 수준이었다. 아마 발롱이 움직이면 단숨에 민혁을 제압할 수 있을 거다.

버클은 쓴웃음을 지으며 빌었다.

'제발, 떨궈라. 활!'

그 순간, 발롱이 움직였다.

[은밀한 살수]
[순간적으로 2.5배 빠른 움직임으로 적의 급소를 공격합니다.]

타앗!

빠르게 거리를 좁힌 발롱이 민혁의 목을 노렸다. 그러나 민혁은 바람 소리를 느끼고 재빨리 피했다.

"스텝."

민혁이 한 걸음을 접어 물러나자 발롱의 단도는 허공을 찔렀다.

민혁은 눈살을 찌푸리며 발롱과 버클을 봤다.

"지금 뭐 하자는 거죠?"

민혁은 날카로운 눈으로 주변을 훑어봤다.

"……피했어?"

버클은 의외라는 표정이었다.

잔상을 남기며 빠르게 이동해 피해낸 민혁. 그가 그런 스킬을 가지고 있을 줄은 몰랐다.

하지만 버클은 피식 웃음 지었다.

민혁을 제외한 자신들은 네 사람이었다. 거기에 결정적으로 그들은 370레벨대였다. 자빈이 레벨이 낮긴 한 편이었지만 이정도 차이라면 괜찮았다. 또한, 민혁은 궁수의 주 무기라고 할 수 있는 활을 쏠 수도 없으며 그나마 사용해 봤자 검이나, 단검인데, 그것들로 자신 넷을 상대할 수 있을 턱이 없었다.

"웁스, 오빠 미안해."

자빈이 막았던 입가를 드러내며 웃음 지었다.

그 모습을 싸늘하게 보던 민혁. 그가 피식 웃었다.

"미안하긴, 내가 더 미안하지."

"응?"

자빈이 고개를 갸웃했다.

물론 처음에 그녀가 먼저 접근해서 동행을 제의한 건 맞다. 하지만 민혁은 달의 밀 때문에 흔쾌히 수락했고, 아이템, 골드, 달의 밀 어느 것도 양보하지 않았다.

평소의 그였다면 약 20% 정도라도 떼어주었을 것이다. 하지만 뭔가 이상했다. '아무리 그래도 그렇지 그렇게까지 하면서

갈 필요가 있나?'라는 생각이 계속 든 탓이다.

그래고 민혁은 실제로 아이템 분배를 하지 않았다. 사실 이쯤 되면 누구라고 할지라도 화를 낼 만하다. 한데, 자빈은 화를 내지 않았다. 마치 자신이 아쉬운 사람처럼 흔쾌히 응했다. 그렇기에 의심을 했고 그것은 확신이 되었다.

그 확신은 자빈과 버클이 아티팩트를 바꾸면서였다.

"미친놈, 아까도 이상한 짓 많이 하더니, 머리가 어떻게 된……."

그런 말을 자빈이 하던 때였다.

쩌저저적-

공간이 찢어지며 거대한 대검이 모습을 드러냈다.

민혁이 손을 뻗어 그립을 쥐었다. 그리고 등 뒤로는 평소처럼 판도라의 투구의 '모양 변화'가 적용된 레이피어를 착용했다. 언제든 마법을 방어할 수 있게.

"……!"

"……뭐야, 대검? 구, 궁수가 대검을 어떻게 사용해!"

아이템 착용 제한. 그리고 그중에서도 대검은 전사형 클래스들에게만 적용되는 아티팩트다.

대검 자체는 전사들도 쓰기 힘들 정도로 크며 아티팩트 제한에 대부분 '힘, 체력' 등이 붙는다.

하지만 민혁은 대검을 가뿐히 쥐었다. 그리고 차갑게 웃으며 말했다.

"너희가 누굴 건드렸는지 보여줄게."

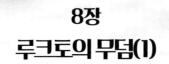

8장
루크토의 무덤(1)

그들은 당혹한 기색이 역력했다.

하지만 곧 버클은 짙은 웃음을 지었다.

"떨굴 아티팩트가 참 많네?"

자신들의 생각보다도 고렙이었고 소환한 대검도 예사롭지 않아 보였다. 때문에 상당히 강할 수도 있었지만, 자신들보다 레벨은 훨씬 더 낮은 수준. 그는 아티팩트의 능력을 믿고 싸워야 한다.

그런 상황에서 자신들의 숫자가 넷이라면? 충분하다.

[버클: 자빈, 앞에서 몸빵해!]

[자빈: 넵!]

자빈도 신이 났다. 어쩌면 저 대검을 떨어뜨릴지 모르는 일 아닌가?

자빈이 앞으로 나섰다.

[은빛 골렘의 축복]
[방어력이 2배 상승합니다.]

검을 쥔 그녀는 비릿하게 웃었다.

그녀가 입고 있는 아티팩트는 유니크였다. 방어력을 중점적으로 올려주는 이 아티팩트는 특수 능력 없이 방어력만 500을 올려준다. 거기에 자신의 스킬 능력까지 합치면 어지간한 400레벨 랭커들도 뚫기 힘들다.

타앗!

민혁이 무미건조하게 그들을 바라보다가 피식하고 웃었다.

"웃어?"

버클은 저놈이 실성했나 했다.

그 순간, 민혁은 스텝을 또 한 번 사용해 뒤로 두 번 접어 물러났다. 그리고 대검을 땅에 박았다.

"피어나는 검."

푹푹푹푹푹푹-

땅을 비집고 튀어나온 칼날들.

빠른 스피드를 가진 발롱은 직감적으로 몸을 던져 피해냈고 버클도 마찬가지였다. 하지만 자빈과 마법사인 레오의 하체는 검에 의해 곳곳이 관통되어 있었다.

"×발……?"

자빈이 중얼거렸다.

그 순간.

콰콰콰콰콰콰쾅!

강력한 폭발을 일으키며 터져 나갔다.

"꺄아아아악!"

"크허억!"

버클은 그 폭발의 여파에 의해 뒤로 밀려났다.

'미, 미친……!'

놈은 분명히 자신과 레벨이 60 이상 차이가 난다. 그런데 도대체 어떻게?

그리고 버클은 볼 수 있었다. 자신의 HP가 20%가 깎였다. 폭발의 여파에서 벗어났기에 다행이었지 정통으로 맞았다면 강제 로그아웃이었을 거다.

마법사인 레오는 진작에 로그아웃 당해 회색 지팡이를 떨궜다. 그리고 탱커인 자빈조차도 방어력을 올려주는 스킬을 사용했음에도 불구하고 위태로워 보였다.

"쿨럭!"

그녀는 입에서 피를 주르륵 토하며 쓰러졌다.

뒤로 물러난 발롱의 눈이 날카로워졌다.

버클이 서둘러 발롱에게 귓속말로 지시를 내렸다.

[버클: 예상외의 광역 스킬이다. 놈은 대검을 차고 있는 유저. 대검은 길이가 길고 무거우니 휘두르는 속도가 일반 검과 비교했을 때 확연히 느리고 양손을 사용할 수 없지, 네 속도와 나의 협공이라면 충분히 잡을 수 있다.]

[발롱: 예!]

발롱의 눈이 빛났다.

암살자들은 그 공격 속도가 매우 빠르며 단 한 번에 잡아내는 일격의 힘이 매우 강력했다.

먼저 스피드를 이용해 몰아붙이고 일격으로 마무리한다.

쑤우웅!

발롱이 한 바퀴 회전하며 물속으로 빠지듯 사라지고 민혁의 바로 뒤에서 나타났다. 그와 함께 버클이 민혁을 향해 내달렸다.

버클은 쌍 도끼를 휘두른다. 그 또한 전사였지만 스피드를 중시하는 타입이었다.

쐐에에엑!

발롱의 검은빛 단검이 민혁의 목을 노리고 휘둘러진다.

민혁이 등을 돌려 쳐냈다.

태애애앵!

버클이 웃었다.

'등 뒤가 비었잖아, 이 머저리야!'

한데, 그 순간이었다.

태애애애앵!

한 존재가 공간을 비집고 튀어나와 그의 도끼를 쳐냈다.

"돼, 돼지?"

말 그대로였다. 아기 돼지 한 마리가 그의 앞을 막아서며 뒤집개로 그의 도끼를 막아냈다.

순간 실소가 피식 흘렀다.

"이런 미친 돼지 새끼가……!"

"꾸울!"

버클이 무차별적으로 쌍 도끼를 휘둘렀다. 한데, 어찌 된 일인지 모를 영문이었다.

탱탱탱탱탱!

주먹만 한 아기 돼지가 엄청난 빠르기로 움직이며 민혁의 등 뒤를 보호했다. 그러더니, 강력하게 위쪽으로 올려쳤다.

피식-

그리고 입 한쪽을 올려 웃었다. 명백한 조소.

"뭐, 이런……."

돼지한테 조롱당한 버클이 황당해하는 순간, 콩이가 등 뒤를 보더니 눈을 크게 떴다.

"꾸울……!"

그리고 두려운 표정으로 그 똘망똘망한 눈을 바들바들 떨었다.

'뒤, 뒤에 뭐가 있어……?'

갑자기 돼지까지 나왔다. 이 상황에서 다른 게 튀어나오지 말란 법은 없다.

버클의 고개가 돌아갔다.

한데, 아무것도 없었다.

"응?"

그 순간, 발롱의 공격을 막아내고 있던 민혁이 몸을 돌려 버클의 몸을 횡으로 베었다.

쿼지지이익!

나이스 캐치. 콩이와 민혁의 환상의 케미였다.

즉, 버클은 돼지인 콩이에게 낚인 것.

"커헉!"

뒤로 밀려난 버클은 순식간에 HP가 40% 깎여 나간 걸 보고 경악했다.

'마, 말도 안 돼.'

그리고 들리는 알림.

[강력한 충격에 의해 4초 동안 극심한 어지럼증을 느낍니다.]

알림과 동시에 눈앞이 흔들리기 시작했다.

버클은 시야가 흐릿했음에도 불구하고 발롱과 싸우는 민혁이 휘두르는 대검을 보며 놀랐다.

'어, 어떻게 대검을 저렇게 휘두르지?'

민혁은 엄청난 속도로 이어지는 발롱의 모든 단검을 막아내고 있었다. 아니, 오히려 스피드로 압도하고 있었다.

그때 순간적으로 발롱의 단검이 그의 뒤를 잡는 데 성공했다. 그리고 그의 등 뒤에 걸려 있는 레이피어를 지나쳐 단도가 찔러 들어가려는 순간 의문의 소리가 들렸다.

탱!

'탱?'

버클과 발롱이 동시에 한 생각이었다. 레이피어가 스르륵 흩어지며 모습을 드러낸 것. 그것은 바로 '프라이팬'이었다.

"……!"

발롱과 버클. 두 사람은 직감할 수 있었다.

발롱의 일격은 순간적으로 공격력을 200%까지 끌어올려 준다. 때문에 어지간해선 방어할 수 없었다.

하지만 방어했다. 그 의미는 저 프라이팬이 예사롭지 않다는 것이었다.

그리고 그런 프라이팬을 가지고 다니는 유저라면?

"프, 프라이팬 살인마?"

그순간 민혁이 잔상을 남기며 빠르게 이동하는 스킬을 사용, 발롱을 베고 지나갔다.

푸지익!

"꺼헉!"

발룽이 비명을 토하며 옆구리를 부여잡고 비틀거렸다. 그리고 버클은 그제야 자신이 남 걱정할 때가 아니란 걸 깨달았다.

"꾸울."

정체 모를 돼지, 콩이가 잔혹하게 웃으며 오른손으로 든 뒤집개를 자신의 왼손에 탁 하니 내려치며 비릿하게 웃었다.

그리고 어지럼증 때문에 움직이지 못하는 버클의 머리를 뒤집개로 때리기 시작했다.

"꿀! 꿀! 꿀! 꿀! 꿀! 꾸우우울!"

퍽퍽퍽퍽퍽퍽!

"컥, 헉! 꽥! 껵, 꾹 악!"

[어지럼증 상태에서 머리를 연속 가격당합니다.]
[어지럼증의 지속 시간이 더 길어집니다.]

버클은 눈앞이 빙글빙글 도는 걸 느꼈다. 그 어지러움 상태에서 흐릿하게 보이는 돼지가 귓가에 대고 '꿀!' 하는 소리를 낸다. 그것은 '내 주인 놈을 괴롭힌 놈은 가만두지 않는다, 꿀!' 같았다.

그리고 민혁은 발룽을 상대하다 알림을 들었다.

[콩이가 즐거워합니다.]

'……?'

민혁은 고개를 갸웃했다. 뒤에서 뭘 하길래, 즐거워하는 거지?

하지만 곧 이어지는 발롱의 공격.

[암살의 비기. 살(殺)]

[2초 동안 공격 속도와 이동 속도가 3배 상승하며 공격 성공 시 80%의 추가 대미지가 발생합니다.]

쑤화아악!

빛처럼 빠른 속도로 거리를 좁히는 발롱.

민혁의 눈이 찌푸려지는 것을 본 발롱은 확신했다.

'이번 공격 한 번만 성공하면……!'

충분히 역전시킬 수 있다.

그가 빠른 속도로 쇄도하던 순간이었다.

파앗!

갑자기 민혁이 사라져 버렸다.

"헉?"

발롱은 걸음을 멈췄다.

그가 주변을 둘러봤다. 위에도, 아래에도 뒤에도 보이지 않았다.

그리고 어느 순간, 자신의 앞에서 휘둘러지는 대검이 나타났다.

펏펏펏펏펏펏!

[비산하는 검]
[한 번의 일격으로 여섯 번 연속 타격하며, 30%의 추가 대미지가 붙습니다.]

"커허어어억……!"

발롱의 몸 곳곳이 대검에 난자되었다.

이제 비산하는 검의 힘도 엄청나게 강해졌다. 그 이유는 민혁이 대검을 착용했기 때문이다.

비산하는 검은 한 번의 공격에 여섯 번의 연속 타격이 각 30%의 추가 대미지를 가지고 들어가는 게 무서운 힘이다. 이 여섯 번 공격을 더 높은 공격력을 가진 대검으로 사용하면? 그 효율은 당연히 올라간다.

발롱은 공격을 한 번 허용할 때마다 20%씩 깎여 나가는 HP를 보며 경악했다. 그리고 결국 강제 로그아웃 당했다.

"꾸울?"

전투를 마친 민혁이 고개를 돌리자, 버클도 강제 로그아웃되어 있었고 그 옆의 콩이는 천진난만한 표정으로 고개를 갸웃하고 있었다.

[콩이가 궁금해합니다.]

마치 '나는 아무것도 몰라요~' 같았다.

민혁도 고개를 갸웃했지만, 곧 고개를 저었다.

남은 것은 한 명뿐이었다.

자빈. 그녀는 이미 전투 불능 상태로 출혈에 의해 서서히 죽어가던 때였다.

'아, 안 돼······!'

그녀는 현재 풀카오 상태였다. 그리고 다른 길드원들도 마찬가지였다.

풀카오는 카오 수치의 한계가 100만이라고 가정했을 때 그 수치를 꽉 채운 이들이다. 그들이 죽인 숫자는 헤아릴 수 없을 정도로 많다.

그런 풀카오가 죽으면 일반 유저보다 받는 페널티가 배로 늘어난다. 그녀는 아티팩트 한두 개만 떨굴 것으로 끝나지 않을 것이다.

버클과 다른 이들도 상당한 아티팩트를 드랍하고 골드도 다수 떨궜다. 심지어 레벨 다운도 했을 것이다.

그녀는 바닥에서 피를 토하면서도 기었다.

"미, 미안해요······ 그럴 의도는 아니었는데, 한 번만 용서해 주세요. 다신 안 그럴게요."

그녀는 눈물까지 주르륵 흘렸다.

하지만 그러면서도 생각했다. 복부 쪽을 관통당했다. 가슴 쪽에 숨겨놓은 단검이 있으니, 배를 부여잡는 척하며 그와 가까워졌을 때 기습할 생각을.

그는 착한 사람이었다. 비록 아티팩트와 골드를 양보하지 않고 자신을 앞에 내세워 사냥했지만 감이라는 게 있었다.

그는 비빔국수 하나에 행복해했고 좋아했다. 또 순박한 웃음. 그 순박한 웃음에 자신도 모르게 미소 지었을 때도 있다. 잘만 하면, 마지막 기회로 이용할 수 있을 것이다.

그렇게 기어가던 자빈은 코앞에 다다랐을 때, 숨겨놓은 단검을 빼 들었다. 그리고 벌떡 일어선 순간, 볼 수 있었다.

어느새 프라이팬을 거대화시킨 민혁. 그가 야구 방망이를 휘두르려는 것처럼 허리를 비틀고 있었다.

"용서하기 싫은데? 당신 나 세 번 죽이려고 했어."

"호, 호호, 죄, 죄송⋯⋯."

태애애앵!

프라이팬에 맞은 자빈이 뒤로 날아갔다. 민혁은 그럼에도 아직 죽지 않은 그녀를 끝내기 위해 걸어갔다.

"그, 근데 죽기 전에 진짜 궁금한 거 있어⋯⋯!"

그녀는 궁금증 하나는 풀고 가고 싶었다.

"너 고자야?"

민혁은 고개를 갸웃했다.

'뭔 소리야?'

"나, 나 이쁘잖아, 응? 엄청 이쁘지 않아?"

그 말에 민혁의 얼굴이 점점 더 일그러졌다.

'이쁘다고?'

고개를 갸웃하다가 그는 천천히 생각하다 말했다.

"진짜 이건 진지하게 대답하는 거야."

민혁은 자신의 속마음을 말했다.

"몽크가 너보다 훨씬 이쁜데."

"……모, 몽크?"

그녀의 머릿속에 몽크의 이미지가 그려졌다. 우끼우끼 하면서 서로의 이를 골라 먹는 원숭이 몬스터. 이를 골라 먹다가 히죽 하면서 이를 드러내 웃는 그놈들!

'예전에 그 몽크는 나에게 바나나를 선물했지.'

그때 몽크는 정말 귀엽고 깜찍하고 예뻐 보였다. 민혁에게는 바나나를 준 몽크가 더 귀엽고 예뻐 보였던 것이다. 한 1만 배쯤?

그의 표정엔 진심이 있었다.

"야이, ×미럴@$!$^@#%@!$!$!"

퍼지익!

자빈을 단숨에 로그아웃시킨 민혁은 의아한 표정을 지었다.

"아까부터 왜 그렇게 자기 이쁘냐고 물어봐, 이 정도면 공주병인데……"

심지어 몽크보다 이쁘지도 않은 사람이 말이다.

고개를 갸웃한 민혁은 그들이 드랍한 것들을 줍기 시작했다. 그러던 중, 민혁의 눈에 이채가 서렸다.

'호?'

버클이 떨어뜨린 것 중에 양피지가 있었다.

민혁이 손을 뻗어 습득했다.

[보상 선택의 양피지를 획득합니다.]

[보상 선택의 양피지는 오로지 루크토의 무덤의 6차 시련에서만 사용할 수 있습니다.]

"……응?"

to be continued